ŒUVRES COMPLÈTES

D'ALEXANDRE DUMAS

Paris. — Typ. Morris et Cie, rue Amelot, 64.

LE BATARD

DE MAULÉON

PAR

ALEXANDRE DUMAS

TOME III

PARIS.

MICHEL LÉVY FRÈRES, LIBRAIRES-ÉDITEURS,

RUE VIVIENNE, 2 BIS.

—

1854

LE BATARD

DE MAULÉON.

I.

RIANZARÈS.

Agénor se choisit dans le bourg, situé sur le versant d'u-
ne colline, une habitation d'où il pût facilement découvrir
la route blanche et tortueuse qui montait entre deux murs
de roches à pic.

La troupe se reposait, cependant, et tout le monde en
avait besoin.

Musaron avait rédigé, de son plus beau style, une épître

au connétable et une autre au prince de Galles, pour donner avis à l'un et à l'autre de l'arrivée des florins d'or.

Un homme d'armes, escorté d'un écuyer breton choisi dans les vassaux de dame Tiphaine, avait été expédié vers Burgos, où, disait-on, le prince se trouvait en ce moment, à cause de bruits de guerre nouvellement éclos dans le pays.

Chaque jour Mauléon supputait, avec la connaissance parfaite qu'il avait des localités, les marches de Gildaz et d'Hafiz.

Selon ses calculs, les deux messagers devaient avoir traversé la frontière depuis quinze jours, au moins.

Dans ces quinze jours, ils avaient eu le temps de retrouver dona Maria, et celle-ci avait pu préparer la fuite d'Aïssa. Une bonne mule fait vingt lieues dans sa journée : cinq à six jours suffisaient donc à la belle Moresque pour arriver jusqu'à Rianzarès.

Mauléon prit discrètement quelques renseignemens sur le passage de l'écuyer Gildaz. Il ne paraissait pas impossible, en effet, que les deux hommes eussent passé le défilé à Rianzarès, endroit facile, sûr et connu.

Mais les montagnards répondirent qu'à l'époque dont parlait Mauléon, ils n'avaient vu passer qu'un cavalier more, jeune et d'une mine assez farouche.

— Un More, jeune !

— Vingt ans au plus, répondit le campagnard.

— Il était vêtu de rouge, peut-être?

— Avec un morion sarrasin, oui, seigneur.

— Armé ?

— D'un large poignard pendu à l'arçon de la selle par une chaîne de soie.

— Et vous dites qu'il passa à Rianzarès seul !

— Absolument seul.

— Que dit-il ?

— Il chercha quelques mots d'espagnol, qu'il prononça mal et vite, demanda si le passage dans le roc était sûr pour les chevaux, et si la petite rivière du bas de la côte était guéable, puis, sur nos affirmations, il poussa son rapide cheval noir et disparut.

— Seul ! c'est étrange, dit Mauléon.

— Hum ! fit Musaron, seul, c'est singulier...

— Gildaz aura voulu entrer par un autre point de la frontière pour éveiller moins les soupçons, qu'en penses-tu, Musaron ?

— Je pense que Hafiz avait une bien laide figure.

— Qui nous dit d'ailleurs, répliqua Mauléon pensif, que ce soit bien Hafiz qui a passé à Rianzarès ?

— Il vaut mieux croire que non, en effet.

— Et puis, j'ai remarqué, ajouta Mauléon, que l'homme à peu près arrivé au comble du bonheur se défie de tout, et voit dans toute chose un obstacle.

— Ah ! monsieur, vous touchez au bonheur, en effet, et c'est aujourd'hui, si nous ne nous sommes pas trompés, que dona Aïssa doit arriver... Il serait bon que durant toute la nuit nous fissions bonne garde aux environs de la rivière.

— Oui, car je ne voudrais pas que nos compagnons la vissent arriver. Je crains l'effet de cette fuite sur leur esprit un peu étroit. Un chrétien amoureux d'une Moresque, en voilà assez pour troubler le courage des plus intrépides; on m'attribuerait tous les malheurs qui sont arrivés, comme un châtiment de Dieu. Mais malgré moi, le More seul, vêtu de rouge, ayant le poignard à l'arçon de la selle, cette ressemblance avec Hafiz me préoccupe.

— Encore quelques instants, quelques heures, quelques jours, tout au plus, et nous saurons à quoi nous en tenir, répondit le philosophe. Jusque-là, monsieur, comme nous n'avons pas sujet d'être tristes, vivons en joie, s'il vous plaît.

C'est en effet ce qu'Agénor avait de mieux à faire. Il vécut en joie et attendit.

Mais le premier jour, le septième du mois, passa, et rien ne parut sur la route, sinon des trafiquans de laine et des soldats blessés, ou des chevaliers ayant fui de Navarette, et à pied, ruinés, faisant de petites journées par les bois, de grands détours dans les montagnes, et regagnant ainsi le pays natal après mille angoisses et mille privations.

Agénor apprit de ces pauvres gens qu'en plusieurs endroits déjà se réveillait la guerre ; que la tyrannie de don Pedro, alourdie par celle de Mothril, pesait insupportable sur les Castilles, que beaucoup d'émissaires du prétendant vaincu à Navarette parcouraient les villes, ameutant les hommes sages contre l'abus du pouvoir rétabli.

Ces fugitifs assurèrent qu'ils avaient vu déjà plusieurs corps organisés avec l'espérance d'un prochain retour de Henri de Transtamare. Ils ajoutèrent que bon nombre de leurs compagnons avaient vu des lettres de ce prince, dans lesquelles il promettait de revenir bientôt avec un corps d'armée levé en France.

Tous ces bruits de guerre enflammaient l'esprit belliqueux d'Agénor, et comme Aïssa n'arrivait pas, l'amour ne pouvait calmer en lui cette fièvre qui s'allume chez les jeunes gens au cliquetis des armes.

Musaron commençait à désespérer ; il fronçait le sourcil plus souvent qu'il n'en avait l'habitude, et en revenait assez aigrement sur le compte de Hafiz, auquel avec obstination il attribuait, comme à un démon malfaisant, le retard d'Aïssa, pour ne pas dire plus, ajoutait-il, quand sa mauvaise humeur était au comble.

Quant à Mauléon, semblable au corps qui cherche son âme, il errait incessamment sur le chemin, dont ses yeux, familiarisés avec toutes les sinuosités, connaissaient chaque buisson, chaque pierre, chaque ombre, et il devinait le pas d'une mule de deux lieues de loin.

Aïssa n'arrivait pas ; rien ne venait d'Espagne.

Bien au contraire, il arrivait de France, à des intervalles mesurés comme par l'aiguille d'une horloge, des troupes de gens armés, qui prenaient position dans les environs, et semblaient attendre un signal pour entrer simultanément.

Les chefs de ces différentes troupes s'abouchaient à l'arrivée de chaque nouvelle troupe, échangeaient un mot d'ordre et des instructions qui leur paraissaient satisfaisantes, car, sans autre précaution, hommes de toutes armes et de tous pays commerçaient ensemble et vivaient dans une intelligence parfaite.

Le jour où Mauléon, moins occupé d'Aïssa, voulut en savoir plus long sur ces arrivages d'hommes et de chevaux, il apprit que ces différentes troupes attendaient un chef suprême et de nouveaux renforts pour rentrer en Espagne.

— Et le nom du chef? demanda-t-il.

— Nous l'ignorons : il nous l'apprendra lui-même.

— Ainsi tout le monde va entrer en Espagne, excepté moi ! s'écriait Agénor au désespoir... Oh ! mon serment, mon serment !

— Eh ! monsieur, répliqua Musaron, la douleur vous fait

perdre la tête. Il n'y a plus de serment si dona Aïssa n'arrive pas ; elle n'arrive pas, poussons en avant...

— Il n'est pas temps encore, Musaron ; l'espoir me reste,
j'ai encore l'espoir ! Je l'aurai toujours, car j'aimerai toujours !

— Je voudrais bien causer seulement une demi-heure
avec ce petit noiraud d'Hafiz, grommelait Musaron. Je voudrais... le regarder seulement... bien en face...

— Eh ! que peut Hafiz contre la volonté toute puissante
de dona Maria... C'est elle qu'il faut accuser, Musaron,
elle... ou bien ma mauvaise fortune !

Huit jours se passèrent encore et rien n'arriva d'Espagne.
Agénor faillit devenir fou d'impatience et Musaron de colère.

Au bout de ces huit jours, il y avait cinq mille hommes
armés répandus sur la frontière.

Des chariots chargés de vivres, quelques-uns chargés
d'argent, disait-on, escortaient ces forces imposantes.

Les hommes du sire de Laval, les Bretons de Tiphaine
Raguenel attendaient impatiemment aussi le retour de leur
messager pour savoir si le prince de Galles consentait à libérer le connétable.

Enfin le messager revint, et Agénor courut avec empressement à sa rencontre jusqu'à la rivière.

L'homme d'armes avait vu le connétable, l'avait embrassé, avait été festoyé par le prince anglais, et avait reçu
de la princesse de Galles un magnifique présent. Cette princesse avait daigné leur dire qu'elle attendait le brave chevalier de Mauléon pour récompenser son dévouement, et
que la vertu honorait tous les hommes, de quelque nation
qu'ils fussent.

Ce messager ajoutait que le prince avait accepté les

trente-six mille florins à compte, et que la princesse, le voyant hésiter un moment, avait dit :

— Sire, mon époux, je veux que le bon connétable soit libre de par moi, qui l'admire autant que ses compatriotes. Nous sommes un peu Bretons, nous autres de la Grande-Bretagne, je paierai trente mille florins d'or pour la rançon de messire Bertrand.

Il en résultait que le connétable allait être libre s'il ne l'était déjà même avant le paiement.

Ces nouvelles faisaient bondir de joie tous les Bretons escortant la rançon, et comme la joie est plus communicative que la douleur, toutes les troupes réunies sur Rianzarès avaient poussé, en apprenant le résultat de l'ambassade, un hourra de joie dont les vieilles montagnes avaient frissonné jusqu'en leur racines de granit.

— Entrons en Espagne, avaient crié les Bretons, et ramenons notre connétable !

— Il le faut bien, dit Musaron tout bas à Agénor... Pas d'Aïssa, pas de serment ; le temps se perd, marchons, monsieur !

Et Mauléon, cédant à son ardente inquiétude, avait répondu :

— Marchons !

La petite troupe, escortée des vœux et des bénédictions de tous, franchit le défilé neuf jours après le délai fixé par Maria Padilla pour l'arrivée de la Moresque.

— Nous la trouverons peut-être bien en route, dit Musaron, pour achever de décider son maître.

Quant à nous, les précédant à la cour du roi don Pedro, nous allons peut-être découvrir et apprendre au lecteur la cause de ce retard de mauvais augure.

II.

GILDAZ.

Dona Maria se tenait à sa terrasse, comptant les jours et les heures, car elle devinait pour elle et Aïssa, ou plutôt elle sentait un malheur dans la persévérante quiétude du More.

Mothril n'était pas homme à s'endormir ainsi ; jamais il n'avait su tellement dissimuler sa soif de vengeance que rien ne l'eût annoncée à ses ennemis durant quinze grands jours.

Tout entier à donner des fêtes au roi, à faire arriver l'or aux coffres de don Pedro, tout prêt à faire entrer les Sarrasins auxiliaires en Espagne et à joindre enfin les deux couronnes promises sur le front de son maître, telles étaient ses occupations apparentes. Il négligeait Aïssa, il ne la voyait qu'une fois le soir, et presque toujours accompagné de don Pedro, qui envoyait à la jeune fille les présens les plus rares et les plus magnifiques.

Aïssa, prévenue d'abord par son amour pour Mauléon, puis par son amitié pour dona Maria, acceptait les présens, quitte à les dédaigner une fois reçus; puis, usant de la même froideur avec le prince, sans se douter qu'elle irritait ainsi un désir ardent, elle cherchait de cette conduite loyale un remercîment dans le regard de Maria lorsqu'elle venait à la rencontrer.

Dona Maria, elle, lui disait aussi par un pareil regard:

— Espère! le plan que nous avons conçu mûrit chaque jour dans son ombre; mon messager va revenir, et te rapportera et l'amour de ton beau chevalier, et la liberté sans laquelle il n'est pas de réel amour.

Enfin, ce jour que dona Maria désirait si ardemment vint à luire pour elle.

C'était par une de ces matinées comme il en éclate avec l'été sous le beau ciel d'Espagne; la rosée tremblait à chaque feuille sur les terrasses fleuries d'Aïssa quand dona Maria vit entrer dans sa chambre la vieille que nous connaissons.

— Senora! dit-elle avec un long soupir, senora !

— Eh bien! qu'y a-t-il?

— Senora, Hafiz est là !

— Hafiz !... qui cela, Hafiz !

— Le compagnon de Gildaz, senora

— Quoi! Hafiz et point Gildaz?

— Hafiz et point Gildaz, oui, senora.

— Mon Dieu! qu'il entre; sais-tu quelque autre chose?

— Non, Hafiz ne m'a rien voulu dire, rien, et je pleure, voyez-vous, senora, parce que le silence d'Hafiz est plus cruel que toutes les sinistres paroles de tout autre.

— Allons, console-toi, dit dona Maria toute frissonnante, console-toi, ce n'est rien, un retard, sans doute, et voilà tout.

— Alors pourquoi Hafiz n'est-il pas retardé ?

1.

— Au contraire, vois-tu, ce qui me rassure, c'est le retour d'Hafiz ; certes, Gildaz ne l'eût pas gardé près de lui me sachant inquiète ; il l'envoie, donc les nouvelles sont bonnes.

La nourrice n'était pas facile à consoler ; d'ailleurs il y avait peu de vraisemblance dans les consolations trop précipitées de sa maîtresse.

Hafiz entra.

Il était calme et humble, ainsi qu'à son ordinaire. Son œil exprimait le respect, comme l'œil des chats et des tigres qui, dilaté en face de quiconque les craint, se resserre et se ferme à demi, quand on les regarde avec colère ou une volonté dominatrice.

— Quoi ! seul ? dit Maria Padilla.

— Seul, oui, madame, répliqua timidement Hafiz.

— Et Gildaz ?

— Gildaz, maîtresse, répondit le Sarrasin en regardant autour de lui, Gildaz est mort.

— Mort ! s'écria dona Padilla, qui joignit les deux mains avec angoisse ; mort ! pauvre garçon, est-il possible ?

— Madame, il a été pris de la fièvre en route.

— Lui, si robuste !

— Robuste, en effet, mais la volonté de Dieu est plus forte que l'homme, répliqua sentencieusement Hafiz.

— Une fièvre, oh ! et pourquoi ne m'a-t-il pas prévenue ?

— Madame, dit Hafiz, nous voyagions tous deux, dans la Gascogne, à un défilé, nous avons été attaqués par des montagnards que le son de l'or avait attirés.

— Le son de l'or. Imprudens !

— Le maître français nous avait donné de l'or, il était si joyeux ! Gildaz se crut seul en ces montagnes, seul avec moi, et il eut la fantaisie de recompter notre trésor : alors il fut tout à coup frappé d'une flèche, et nous vîmes s'approcher plusieurs hommes armés. Gildaz était brave, nous nous sommes défendus.

— Mon Dieu !

— Comme nous allions succomber, car Gildaz était blessé, son sang coulait...

— Pauvre Gildaz !... et toi ?

— Moi aussi, maîtresse, dit Hafiz en retroussant lentement sa manche large, qui mit à nu son bras sillonné par le fer d'un poignard ; comme nous étions blessés, on nous prit notre or, et aussitôt les voleurs s'enfuirent.

— Après, mon Dieu ! après?

— Après, maîtresse, Gildaz fut pris de la fièvre, et il se sentit près de la mort...

— Ne t'a-t-il rien dit?

— Si, maîtresse, quand ses yeux s'appesantirent : Tiens, me dit-il, tu vas échapper, toi ! sois fidèle comme je l'étais ; cours chez notre maîtresse, et remets dans ses mains ce dépôt que m'a confié le maître français. Voici le dépôt.

Hafiz tira de son sein une enveloppe de soie toute trouée de coups de poignards et souillée de sang.

Dona Maria frémissante toucha le satin avec horreur, et l'examinant :

— Cette lettre a été ouverte, dit-elle.

— Ouverte ! dit le Sarrasin avec de gros yeux étonnés.

— Oui, le cachet est brisé.

— Je ne sais, dit Hafiz.

— Tu l'as ouverte, toi?

— Moi ! je ne sais pas lire, maîtresse.

— Quelqu'un alors ?...

— Non, maîtresse; regarde bien, vois, à l'endroit du cachet, cette ouverture : la flèche du montagnard a troué la cire et le parchemin.

— C'est vrai ! c'est vrai ! dit dona Maria, défiante encore.

— Et le sang de Gildaz est autour des déchirures, maîtresse.

— C'est vrai ! pauvre Gildaz !

Et la jeune femme, fixant un dernier regard sur le Sarrasin, trouva si calme, si stupide, si parfaitement muette cette physionomie enfantine, qu'elle ne put conserver un soupçon.

— Raconte-moi la fin, Hafiz.

— La fin, maîtresse, c'est que Gildaz m'eut à peine remis la lettre qu'il expira ; aussitôt, je pris ma course, ainsi qu'il l'avait dit, et pauvre, affamé, mais courant toujours, je suis venu t'apporter le message.

— Oh ! tu seras bien récompensé, enfant, dit dona Maria, émue jusqu'aux larmes ; oui, tu ne me quitteras pas, et si tu es fidèle... si tu es intelligent...

Un éclair parut sur le front du More, éclair éteint aussi vite qu'allumé.

Alors Maria lut la lettre que nous connaissons, rapprocha les dates, et se livrant à l'impétuosité naturelle de son caractère.

— Allons ! se dit-elle à elle-même, allons, à l'œuvre !

Elle donna au Sarrasin une poignée d'or en lui disant :

— Repose-toi, bon Hafiz, et dans quelques jours tiens-toi prêt ; je me servirai de toi.

Le jeune homme partit radieux ; il touchait le seuil, emportant son or et sa joie, quand les gémissemens de la nourrice éclatèrent avec plus de force. Elle venait d'apprendre la fatale nouvelle.

III.

DE LA MISSION QU'AVAIT HAFIZ, ET COMMENT IL L'AVAIT REMPLIE.

La veille du jour où Hafiz était venu rapporter à dona Maria la lettre de France, un pâtre s'était présenté aux portes de la ville et avait demandé à parler au seigneur Mothril.

Mothril, occupé à dire ses prières à la mosquée, avait tout quitté pour suivre ce singulier messager, qui ne devait pas annoncer un bien haut et bien puissant ambassadeur.

Mothril, à peine sorti de la ville avec son guide, avait aperçu dans une lande un petit cheval andalous paissant dans la bruyère, et, couché dans l'herbe rare, au milieu des cailloux, le sarrasin Hafiz, qui guettait avec ses gros yeux tout ce qui sortait de la ville.

Le pâtre, payé par Mothril, avait couru gaîment rejoindre ses maigres chèvres sur le coteau. Mothril, oubliant toute étiquette, s'était assis, lui le premier ministre, auprès du sombre enfant à la face immobile.

— Dieu soit avec toi ! Hafiz, tu reviens donc ?

— Oui, seigneur, me voici.

— Et tu as laissé ton compagnon assez loin pour qu'il ne se doute de rien ?

— Très loin, seigneur, et il ne se doute assurément de rien.

Mothril connaissait son messager... Il savait le besoin d'euphémisme commun à tous les Arabes, pour qui c'est un point capital que d'éviter le plus longtemps possible de prononcer le mot : Mort.

— Tu as la lettre ? dit-il.

— Oui, seigneur.

— Comment te l'es-tu procurée?

— Si je l'eusse demandée à Gildaz, il l'eût refusée. Si j'eusse voulu la lui prendre de force, il m'eût battu, et tué sans doute, lui plus fort que moi.

— Tu as usé d'adresse?

— J'ai attendu qu'il fût arrivé avec moi au cœur de la montagne qui sert de frontière à l'Espagne et à la France. Les chevaux étaient bien las, Gildaz les fit reposer, lui-même s'endormit sur la mousse au pied d'un grand rocher.

Je choisis ce moment, j'approchai de Gildaz en rampant, et le frappai dans la poitrine avec mon poignard ; il étendit les bras en poussant un cri sourd, et ses mains furent toutes arrosées de sang.

Mais il n'était pas mort, je le sentis bien. Il avait pu dégaîner son coutelas et m'en frapper au bras gauche ; je lui perçai le cœur avec ma pointe, il expira aussitôt.

La lettre était dans le pourpoint, je l'en tirai : marchant toute la nuit dans la direction du vent avec mon petit cheval, j'abandonnai le cadavre et l'autre cheval aux loups et aux corbeaux. Je franchis la frontière, et sans être inquiété, j'achevai ma route. Voici la lettre que je t'ai promise.

Mothril prit le parchemin dont le cachet était bien entier, mais qui avait cependant été percée d'outre en outre par le poignard d'Hafiz sur le cœur de Gildaz.

Avec une flèche qu'il prit au carquois d'une sentinelle, il troua le cachet de telle sorte que la soie du scel fut rompue, puis parcourut avidement la lettre.

— Bien ! dit-il, nous y serons tous à ce rendez-vous.

Et il se mit à rêver. Hafiz attendait.

— Que ferai-je, maître ?

— Tu vas remonter à cheval et reprendre cette lettre ; tu frapperas dès l'aurore aux portes de dona Maria. Tu lui annonceras que les montagnards ont attaqué Gildaz et l'ont blessé de flèches et de poignards ; qu'en mourant il t'a remis la lettre. Ce sera tout.

— Bien ! maître.

— Va, cours toute la nuit ; que tes vêtemens soient au matin trempés de rosée, ton cheval de sueur, comme si tu tu arrivais seulement ce matin-là. Et puis, attends mes ordres, et de huit jours n'approche pas de ma maison.

— Le Prophète est content de moi ?

— Oui, Hafiz.

— Merci, maître.

Voilà comment la lettre avait été décachetée ; voilà de quelle nature était l'orage qui grondait sur la tête de dona Maria.

Cependant Mothril ne s'en tint pas à ce qu'il avait fait. Il attendit le matin, et se parant d'habits magnifiques, il alla trouver le roi don Pedro.

Le More, en entrant chez le roi, trouva le prince assis dans un large fauteuil de velours, et jouant machinale-

ment avec les oreilles d'un jeune loup qu'il aimait à appri-
voiser.

A sa gauche, dans un fauteuil pareil, était assise dona
Maria, pâle et comme irritée. En effet, depuis qu'elle était
là, si près de don Pedro, le prince, occupé sans doute d'autres pensées, ne lui avait pas adressé la parole.

Dona Maria, fière comme les femmes de son pays, dévorait cet affront avec impatience. Elle non plus ne parlait pas, et comme elle n avait pas de loup familier à aga-
cer, elle se contentait d'entasser en son cœur défiances
sur défiances, colères sur colères, projets sur projets.

Mothril entra, et ce fut pour Maria Padilla une occasion
de sortir avec fracas.

— Vous partez, madame, dit don Pedro inquiet malgré
lui de cette sortie furieuse, qu il avait provoquée par l'in-
dolent accueil fait à sa maîtresse.

— Oui, je pars, dit-elle, et je veux ménager votre gra-
cieuseté, dont vous faites provision sans doute pour le sarrasin Mothril.

Mothril entendit, mais il ne parut pas s'irriter. Si dona
Maria eût été moins furieuse, elle eût deviné que le calme
du More naissait de quelque assurance secrète d un triomphe très prochain.

Mais la colère ne calcule pas ; elle porte assez de satisfaction en elle. Elle est réellement une passion. Qui l'as-
souvit y trouve un plaisir.

— Sire, dit Mothril affectant une douleur profonde, je le
vois, mon roi n'est pas heureux.

— Non, répliqua don Pedro avec un soupir.

— Nous avons beaucoup d'or, ajouta Mothril. Cordoue
a contribué.

— Tant mieux, dit nonchalamment le roi.

— Séville arme douze mille hommes, continua Mothril,
nous gagnons deux provinces.

— Ah! dit le roi sur le même ton

— Si l'usurpateur rentre en Espagne, je pense d'ici à
huit jours l'enfermer dans quelque château... le prendre.

Jamais ce nom de l'usurpateur n'avait failli d'exciter
chez le roi une violente tempête, cette fois don Pedro se
contenta de dire sans fureur :

— Qu'il y vienne, tu as de l'or, des soldats; nous le
prendrons, nous le ferons juger, et on lui tranchera la tête.

Mothril à ce moment se rapprocha du roi.

— Oui, mon roi est bien malheureux, reprit-il.

— Et pourquoi, ami ?

— Parce que l'or ne te plaît plus, parce que le pouvoir
te dégoûte, parce que tu ne vois rien de doux dans la vengeance, parce qu'enfin tu ne trouves plus pour ta maîtresse un regard d'amour.

— Sans doute, je ne l'aime plus, Mothril, et à cause de
ce vide de mon cœur, rien ne me paraît plus désirable.

— Quand ce cœur semble si vide, roi, n'est-ce pas qu'il
est plein de désirs; le désir, tu sais, c'est l'air renfermé
dans les outres.

— Je le sais, oui, mon cœur est plein de désirs.

— Tu aimes alors ?

— Oui, je crois que j'aime...

— Tu aimes Aïssa, la fille d'un puissant monarque...
Oh ! je te plains et je t'envie à la fois, car tu peux être bien
heureux ou bien à plaindre, seigneur.

— C'est vrai, Mothril, je suis bien à plaindre.

— Elle ne t'aime pas, veux-tu dire?

— Non, elle ne m'aime pas.

— Crois-tu, seigneur, que ce sang, pur comme celui

d'une déesse, soit agité par les passions auxquelles céde-
rait une autre femme? Aïssa ne vaut rien pour le harem
d'un prince voluptueux ; c'est une reine, Aïssa, elle ne
sourira que sur un trône. Il y a de ces fleurs, vois-tu, mon
roi, qui ne s'épanouissent que sur le sommet des montagnes.

— Un trône... moi... épouser Aïssa, Mothril; que di-
raient les chrétiens ?

— Qui te dit, seigneur, que dona Aïssa, t'aimant parce
que tu seras son époux, ne te fera pas le sacrifice de son
Dieu, elle qui t'aura donné son âme.

Un soupir presque voluptueux s'échappa de la poitrine
du roi.

— Elle m'aimerait !...

— Elle t'aimera.

— Non, Mothril.

— Eh bien ! seigneur, plonge-toi dans la douleur alors,
car tu n'es pas digne d'être heureux ; car tu désespères
avant le but.

— Aïssa me fuit.

— Je croyais les chrétiens plus ingénieux à deviner le
cœur des femmes. Chez nous, les passions se concentrent
et s'effacent en apparence sous la couche épaisse de l'es-
clavage, mais nos femmes si libres de tout dire, et par
conséquent de tout cacher, nous rendent plus clairvoyans
à lire dans leur cœur; comment veux-tu que la fière Aïssa
aime, ostensiblement, celui qui ne marche qu'escorté
d'une femme rivale de toutes les femmes qui aimeraient
don Pedro.

— Aïssa serait jalouse ?

Un sourire du More fut sa réponse, puis il ajouta :

— Chez nous, la tourterelle est jalouse de sa compagne,

et la noble panthère se déchire aux dents et aux griffes de la panthère en présence du tigre qui va choisir l'une ou l'autre.

— Ah ! Mothril, j'aime Aïssa.

— Epouse-la.

— Et dona Maria ?

— L'homme qui a fait tuer sa emme pour ne pas déplaire à sa maîtresse, hésite à congédier sa maîtresse qu'il n'aime plus, pour conquérir cinq millions de sujets et un amour plus précieux que la terre entière!

— Tu as raison, mais dona Maria en mourrait.

Le More sourit encore.

— Elle t'aime donc bien ?

— Si elle m'aime ! tu en doutes ?

— Oui, seigneur.

Don Pedro pâlit.

— Il l'aime encore! pensa Mothril, n'éveillons pas sa jalousie, car il la préférerait à toutes les autres.

— J'en doute, reprit-il, non parce qu'elle te serait infidèle, je ne le crois pas, mais parce que, se voyant moins aimée, elle persiste à vivre près de toi.

— J'eusse appelé cela de l'amour, Mothril.

— Moi, je nomme ce sentiment ambition.

— Tu chasserais Maria ?

— Pour obtenir Aïssa, oui.

— Oh ! non... non !

— Souffre, alors.

— Je croyais, dit don Pedro en fixant sur Mothril un regard enflammé, que si tu voyais souffrir ton roi, tu n'aurais pas le courage de lui dire : Souffre !... Je croyais que tu ne manquerais pas de t'écrier : Je te soulagerai, mon seigneur.

— Aux dépens de l'honneur d'un grand roi de mon pays, non ; plutôt la mort !

Don Pedro demeura plongé dans une sombre rêverie.

— Je mourrai donc, dit-il, car j'aime cette fille, on plutôt, s'écria-t-il avec une sinistre flamme, non, je ne mourrai pas.

Mothril connaissait assez le roi, et savait assez qu'aucune barrière n'était de force à arrêter l'élan des passions chez cet homme indomptable.

— Il userait de violence, pensa-t-il, empêchons ce résultat.

— Seigneur, dit Mothril, Aïssa est une belle âme, elle croirait aux sermens... Si vous lui juriez de l'épouser après avoir quitté solennellement dona Maria, je crois qu'Aïssa confierait sa destinée à votre amour.

— T'y engagerais-tu ?

— Je m'y engagerais.

— Eh bien ! s'écria don Pedro, je romprai avec dona Maria, je le jure.

— C'est autre chose, faites vos conditions, monseigneur.

— Je romprai avec dona Maria et lui laisserai un million d'écus. Il n'y aura pas, dans le pays qu'elle choisira pour sa résidence, une princesse plus riche et plus honorée.

— Soit, c'est d'un prince magnifique, mais enfin, ce pays ne sera pas l'Espagne !

— Il faut cela ?

— Aïssa ne sera rassurée que si la mer, une mer infranchissable, sépare votre ancien amour du nouveau.

— Nous mettrons la mer entre Aïssa et dona Maria, Mothril.

— Bien, monseigneur.

— Mais je suis le roi, tu sais que je n'accepte de conditions de personne.

— C'est juste, sire.

— Il faut donc que le marché, un peu semblable au marché des juifs, s'accomplisse entre nous sans engager d'abord d'autre que toi.

— Comment cela ?

— Il faut que dona Aïssa me soit remise comme ôtage.

— Rien que cela ? dit Mothril avec ironie.

— Insensé ! ne vois-tu pas que l'amour me brûle, me dévore, que je joue en ce moment à des délicatesses qui me font rire, comme si le lion avait des scrupules dans sa faim ? Ne vois-tu pas que si tu me fais marchander Aïssa, je la prendrai ! Que si tu roules tes yeux irrités, je te fais arrêter et pendre, et que tous les chevaliers chrétiens seront là pour regarder ton corps au gibet, et pour faire la cour à ma nouvelle maîtresse ?

— C'est vrai, pensa Mothril ; mais dona Maria, seigneur ?

— Que j'aie faim d'amour, te dis-je, et dona Maria verra comment mourut dona Bianca de Bourbon.

— Votre colère est terrible, mon maître, répliqua humblement Mothril, bien fou qui ne plierait le genou devant vous.

— Tu me livreras Aïssa?

— Si vous me le commandez, oui, seigneur ; mais si vous n'avez pas suivi mes conseils, si vous ne vous êtes pas défait de dona Maria, si vous n'avez terrassé ses amis, qui sont vos ennemis, si vous n'avez levé tous les scrupules d'Aïssa, songez-y, vous ne posséderez pas cette femme, elle se tuera !

Ce fut au tour du roi de frémir et de rêver.

— Que veux-tu donc? dit-il.

— Je désire que vous attendiez huit jours. — Ne m'interrompez point ! —Alors laissez dona Maria vous tenir rigueur... Aïssa partira pour un château royal, sans que nul devine sa fuite ou la destination de son voyage ; vous convaincrez cette jeune fille, elle deviendra vôtre et elle vous aimera.

— Et dona Maria? te dis-je.

— Assoupie d'abord, elle se réveillera vaincue. — Laissez-la gémir et s'irriter ; vous aurez échangé la maîtresse contre une amante, jamais Maria ne vous pardonnera cette infidélité, elle-même vous débarrassera d'elle.

— Oui, elle est fière, c'est vrai, et tu crois qu'Aïssa viendra ?

— Je ne crois pas, je sais.

— Ce jour-là, Mothril, demande-moi la moitié de mon royaume, elle est à toi:

— Vous n'aurez jamais plus justement récompensé de loyaux services.

— Ainsi donc dans huit jours ?

— A la dernière heure du jour, oui, monseigneur. Aïssa sortira de la ville escortée par un More, je te la conduirai.

— Va, Mothril.

—Jusque-là, n'éveillez pas les soupçons de dona Maria.

— Ne crains rien. J'ai bien caché mon amour, ma douleur ; crois-tu que je ne cacherai pas ma joie !

— Annoncez donc, monseigneur, que vous voulez partir pour un château de campagne.

— Je le ferai, dit le roi.

IV.

COMMENT HAFIZ ÉGARA SES COMPAGNES DE VOYAGE.

Cependant dona Maria, depuis le retour d'Hafiz, avait renoué ses intelligences avec Aïssa.

Celle-ci ne savait pas lire, mais la vue du parchemin qu'avait effleuré la main de son amant, cette croix surtout, représentation de sa volonté loyale, avaient comblé de joie le cœur de la jeune fille, et sollicité vingt fois ses lèvres qui s'y étaient reposées ivres d'amour.

— Chère Aïssa, dit Maria, tu vas partir. Dans huit jours tu seras loin d'ici, mais tu seras bien près de celui que tu aimes, et je ne crois pas que tu regrettes ce pays.

— Oh! non, non; ma vie, c'est de respirer l'air qu'il respire.

— Donc vous serez réunis. Hafiz est un enfant prudent, bien fidèle, et rempli d'intelligence. Il connaît la route, puis te ne craindras pas cet enfant comme tu ferais d'un homme, et j'en suis sûre tu voyageras avec plus de confiance en sa compagnie. Il est de ton pays, vous parlerez tous deux la langue que tu chéris.

Ce coffret contient tous tes joyaux : rappelle-toi qu'en France un seigneur bien riche ne possède pas la moitié de ce que tu vas porter à ton amant. D'ailleurs, mes bienfaits, accompagneront le jeune homme, allât-il avec toi jusqu'au bout du monde. Une fois en France, tu n'as plus rien à craindre. Je médite ici une grande réforme. Il faut que le roi chasse d'Espagne les Mores ennemis de notre religion, prétexte dont se servent les envieux pour ternir la gloire de don Pedro. Toi absente, je me mettrai à l'œuvre sans hésiter.

— Quel 'our verrai-je Mauléon? dit Aïssa qui n'avait rien écouté que le nom de son amant.

— Tu peux être dans ses bras cinq jours après ton départ de cette ville.

— Je mettrai moitié moins de temps que le plus rapide cavalier, madame.

Ce fut après cet entretien que dona Maria fit venir Hafîz et lui demanda s'il ne voudrait pas retourner en France pour accompagner la sœur de ce pauvre Gildaz.

— Pauvre enfant, inconsolable de la mort de son frère, ajouta-t-elle, et qui voudrait donner une sépulture chrétienne à ses restes infortunés.

— Je le veux bien, dit Hafîz ; fixez-moi le jour du départ, maîtresse.

— Demain tu monteras une mule que je te donne. La œur de Gildaz aura une mule pour monture, et une autre chargée de ma nourrice, qui est sa mère, et de quelques effets relatifs à la cérémonie qu'elle veut accomplir.

— Bien, senora. Demain je partirai. A quelle heure?

— Le soir, après les portes fermées, après les ieux éteints.

Hafîz n'eut pas plutôt reçu cet ordre qu'il le transmit à Mothril.

Le More s'empressa d'aller trouver don Pedro.

— Seigneur, dit-il, voici le septième jour ; tu peux partir pour ton château de plaisance.

— J'attendais, répliqua le roi.

— Pars donc, mon roi, il est temps.

— Tous les préparatifs sont faits, ajouta don Pedro... Je partirai d'autant plus volontiers que le prince de Galles m'envoie demain demander de l'argent par un héraut d'armes.

— Et le trésor est vide aujourd'hui, seigneur ; car, tu sais, nous tenons prête la somme destinée à faire taire les fureurs de dona Maria.

— Bien, il suffit.

Don Pedro commanda tout pour le départ. Il affecta d'inviter à ce voyage plusieurs dames de la cour, et ne fit pas mention de dona Maria.

Mothril guettait l'effet de cette insulte sur la fière Espagnole ; mais dona Maria ne se plaignit point.

Elle passa la journée avec ses femmes à jouer du luth et à faire chanter ses oiseaux.

Le soir venu, comme toute la cour était partie, comme dona Maria se disait mortellement frappée d'ennui, elle ordonna qu'on lui préparât une mule.

Au signal donné par Aïssa, libre dans sa maison, car Mothril avait accompagné le roi, dona Maria descendit, monta sur sa mule après s'être enveloppée d'un grand manteau comme en portaient les duègnes.

Dans cet équipage, elle alla chercher elle-même Aïssa par le passage secret, et comme elle s'y attendait elle trouva Hatiz qui, en selle depuis une heure, fouillait les ténèbres de ses yeux perçans.

Dona Maria fit voir aux gardes sa passe et leur donna le

mot. Les portes furent ouvertes. Un quart d'heure après
les mules couraient rapidement dans la plaine.

Hafiz marchait le premier. Dona Maria remarqua qu'il
obliquait sur la gauche au lieu de suivre le droit chemin.

— Je ne puis lui parler, car il reconnaîtrait ma voix,
dit-elle bas à sa compagne, mais toi qu'il ne reconnaîtra
pas, demande-lui pourquoi il change ainsi de route.

Aïssa fit la demande en langue arabe, et Hafiz tout surpris répliqua :

— C'est que la gauche est plus courte, senora.

— Bien, dit Aïssa, mais ne t'égare pas surtout.

— Oh! que non pas, fit le Sarrasin, je sais où je vais.

— Il est fidèle, sois tranquille, dit Maria ; d'ailleurs, je
suis avec vous, et je ne t'accompagne à d'autre fin que de te
dégager au cas où une troupe t'arrêterait dans les environs.
Au matin tu auras fait quinze lieues, plus de soldats à craindre. Mothril veille, mais dans un rayon circonscrit par son
indolence et la paresse de son maître. Alors je te quitterai,
alors tu poursuivras ta route ; et moi, traversant tout le
pays, je viendrai frapper aux portes du palais qu'habite le
roi. Je connais don Pedro, il pleure mon absence et me
recevra les bras ouverts.

— Ce château est donc près d'ici, dit Aïssa.

— Il est à sept lieues de la ville que nous quittons, mais
beaucoup sur la gauche ; il est situé sur une montagne que
nous apercevrions tout là-bas à l'horizon si la lune se levait.

Tout à coup la lune, comme si elle eût obéi à la voix de
dona Maria, s'élança d'un nuage noir dont elle argenta la
bords. Aussitôt une lumière douce et pure s'échappa sur les
champs et les bois, de sorte que les voyageurs se trouvè-
rent soudain enveloppés de clarté.

Hafiz se retourna vers ses compagnes, il regarda autour de lui, le chemin avait fait place à une vaste lande, bornée par une haute montagne sur laquelle se dressait un château bleuâtre et arrondi.

— Le château! s'écria dona Maria, nous nous sommes égarés!

Hafiz tressaillit, il avait cru reconnaître cette voix.

— Tu t'es égaré, dit Aïssa au More, réponds.

— Hélas! serait-il vrai? dit Hafiz avec naïveté.

Il n'avait pas achevé que du fond d'un ravin bordé de chênes verts et d'oliviers s'élancèrent quatre cavaliers, dont les chevaux ardens franchirent la pente avec des naseaux enflammés, des crinières flottantes.

— Que veut dire ceci? murmura sourdement Maria... Sommes-nous découvertes?

Et elle s'enveloppa dans les plis de son manteau sans ajouter une parole.

Hafiz se mit à pousser des cris aigus, comme s'il avait peur, mais un des cavaliers lui appliqua un mouchoir sur les lèvres, et entraîna sa mule.

Deux autres des ravisseurs aiguillonnèrent les mules des deux femmes, en sorte que ces animaux prirent un galop furieux dans la direction du château.

Aïssa voulait crier, se défendre.

— Tais-toi! lui dit dona Maria; avec moi tu ne crains rien de don Pedro, avec toi je ne crains rien de Mothril. Tais-toi!

Les quatre cavaliers, comme s'ils faisaient rentrer un troupeau dans l'étable, dirigèrent leur capture vers le château.

— Il paraît qu'on nous attendait, pensa dona Maria. Les portes sont ouvertes sans que la trompe ait sonné.

En effet, les quatre chevaux et les trois mules entrèrent avec grand bruit dans la cour de ce palais.

Une fenêtre était éclairée, une homme se tenait à cett fenêtre.

Il poussa un cri de joie en voyant arriver les mules.

— C'est don Pedro, et il attendait! murmura dona Maria qui reconnut la voix du roi ; que signifie tout cela !

Les cavaliers ordonnèrent aux femmes de mettre pied à terre, et les conduisirent à la salle du château.

Dona Maria soutenait Aïssa toute tremblante.

Don Pedro entra dans la salle, appuyé sur Mothril dont les yeux étincelaient de joie.

— Chère Aïssa ! dit-il en se précipitant vers la jeune fille qui frémissait d'indignation, et qui, l'œil animé, la lèvre inquiète, semblait demander compte à sa compagne d'une trahison.

— Chère Aïssa, pardonnez-moi, répéta le roi, d'avoir ainsi effrayé vous et cette bonne femme ; permettez que je vous souhaite la bienvenue.

— Et moi donc, dit dona Maria en soulevant le capuce de sa mante, vous ne me saluez pas, seigneur ?...

Don Pedro poussa un grand cri, et recula d'effroi.

Mothril, pâle et tremblant, se sentit défaillir sous l'écrasant regard de son ennemie.

— Voyons ! faites-nous donner un appartement, notre hôte, continua dona Maria, car vous êtes notre hôte, don Pedro.

Don Pedro, chancelant, atterré, baissa la tête et rentra dans la galerie.

Mothril s'enfuit... Mais déjà chez lui la fureur avait remplacé la crainte.

Les deux femmes se serrèrent l'une contre l'autre, et attendirent en silence. Un moment après elles entendirent les portes se fermer.

Le majordome saluant jusqu'à terre vint prier dona Maria de vouloir bien monter à son appartement.

— Ne me quittez pas ! s'écria Aïssa.

— Ne crains rien, te dis-je, enfant, vois ! Je me suis montrée, et mon regard a suffi pour dompter ces bêtes féroces... Allons, suis-moi... je veille sur toi, te dis-je.

— Et vous ! oh ! craignez aussi pour vous !

— Moi ! fit Maria Padilla en souriant avec hauteur, qui donc oserait ? ce n'est pas à moi d'avoir peur en ce hâteau.

V.

LE PATIO DU PALAIS D'ÉTÉ.

L'appartement dans lequel on conduisit Maria lui était bien connu. Elle l'habitait au temps de sa domination, de sa prospérité. Alors toute la cour savait le chemin de ces galeries à piliers de bois peint et doré, dont un patio ou jardin d'orangers avec un bassin de marbre formait le centre. On ne voyait alors que pages aux riches portières

2.

de brocart et valets empressés à faire leur service sous ces
galeries somptueusement éclairées

Dans le patio, en bas, sous les branches épaisses des
arbres en fleurs, se cachaient les symphonies moresques si
douces, si suavement tristes, qu'elles semblent de lents
parfums aspirés par le ciel, lorsqu'elles montent des lèvres
du chanteur ou des doigts du musicien.

Aujourd'hui tout n'était que silence. Séparée du reste du
palais, cette galerie semblait morne et vide. Les arbres
avaient toujours leur feuillage, mais il était sinistre ; le
marbre versait à flots l'onde blanchissante, mais avec un
bruit pareil aux grondemens de la mer irritée.

A l'extrémité d'un des plus longs côtés de ce parallélo-
gramme, une petite porte cintrée en ogive donnait passage
de la galerie d'Aïssa dans la galerie occupée par le roi.

Ce passage était long, étroit comme un canal de pierre.
Autrefois don Pedro avait voulu qu'il fût toujours tendu
d'étoffes précieuses, et que la dalle en fût jonchée de fleurs.
Mais dans l'intervalle si long de deux séjours, les tentures
s'étaient flétries et déchirées, les fleurs sèches craquaient
sous les pieds.

Tout ce qui a aidé l'amour se fane quand l'amour est
mort. Il en est ainsi de ces lianes passionnées qui fleu-
rissent et se tordent luxuriantes autour de l'arbre qu'elles
aiment, mais se dessèchent et tombent inanimées quand
elles n'ont plus à aspirer la sève et la vie de leur allié.

Dona Maria fut à peine installée dans son appartement
qu'elle demanda son service.

— Senora, répondit le majordome, le roi n'est pas venu
pour séjourner, mais seulement pour attendre un réveil
de chasse. Il n'a pas emmené de service.

— L'hospitalité du roi cependant ne permet pas que ses hôtes manquent ici du nécessaire.

— Senora, je suis à vos ordres, et tout ce que Votre Seigneurie demandera...

— Donnez-nous donc des rafraîchissemens et un parchemin pour écrire.

Le majordome s'inclina et sortit.

La nuit était venue ; les étoiles brillaient au ciel. Tout au fond le plus reculé du patio, une chouette poussait son hululement plaintif qui faisait taire le rossignol perché sous les fenêtres de dona Maria.

Aïssa, dans cette obscurité, sous l'influence de ces sombres événemens, Aïssa, épouvantée de la taciturne fureur de sa compagne, se tenait en tremblant au plus profond de l'appartement.

Elle voyait alors passer et repasser comme une ombre pâle dona Maria, la main sur son menton, l'œil perdu dans le vague, mais étincelant de projets.

Elle n'osait parler de peur de troubler cette colère et de faire dévier cette douleur.

Tout à coup le majordome reparut, apportant des flambeaux de cire qu'il posa sur une table.

Un esclave le suivait chargé d'un bassin de vermeil, sur lequel deux coupes d'argent ciselé accompagnaient des fruits confits et une large fiole de vin de Xérès.

— Senora, dit le majordome, Votre Seigneurie est servie.

— Je ne vois pas l'encre et le parchemin que j'ai demandés, dit dona Maria.

— Senora, on a cherché longtemps, dit le majordome embarrassé, mais le chancelier du roi n'est pas ici, et les darchemins sont dans le coffre royal.

Dona Maria fronça le sourcil.

— Je comprends, dit-elle ; bien, merci, laissez-nous.

Le majordome sortit.

— La soif me dévore, dit alors dona Maria ; chère enfant, voulez-vous me verser à boire ?

Aïssa s'empressa de verser du vin dans une des coupes, et l'offrit à sa compagne qui but avidement.

— N'a-t-il pas donné d'eau ? ajouta-t-elle ; ce vin double ma soif au lieu de la calmer.

Aïssa chercha autour d'elle et aperçut une jarre de terre à fleurs peintes, comme il y en a dans l'Orient pour garder l'eau fraîche, même au soleil.

Elle y puisa une coupe d'eau pure, dans laquelle dona Maria versa le reste du vin de l'autre coupe.

Mais déjà son esprit ne s'occupait plus des besoins du corps ; sa pensée, toute absorbée ailleurs, avait regagné les sombres espaces.

— Qu'est-ce que je fais ici ? se disait-elle. Pourquoi perdre du temps... Ou je dois convaincre le traître de sa trahison, ou je dois essayer de le ramener encore.

Elle se tourna brusquement vers Aïssa, qui suivait avec anxiété chacun de ses mouvemens.

— Voyons, jeune fille, toi qui as le regard si pur que l'on croit voir ton âme au travers de tes prunelles, réponds à une femme, la plus malheureuse des femmes ; as-tu de l'orgueil ?... Envierais-tu parfois cette splendeur de ma prospérité ? Aurais-tu pour conseil, aux sinistres heures de la nuit, un mauvais ange qui te détourne de l'amour pour te pousser vers l'ambition ? Oh ! réponds-moi ! Oh ! souviens-toi que toute ma destinée est dans le mot que tu vas prononcer : réponds-moi comme tu répondrais à

Dieu ? Savais-tu quelque chose de ce projet d'enlèvement ? le soupçonnais-tu ? l'espérais-tu ?

— Madame, répondit Aïssa d'un air à la fois triste et doux, vous, ma bonne protectrice, vous qui m'avez vue voler au-devant de mon amant avec une joie si ardente, vous me demandez si j'espérais aller auprès d'un autre !

— Tu as raison, dit dona Maria avec impatience ; mais ta réponse, qui peut-être renferme toute la candeur de ton âme, me paraît encore un subterfuge ; vois-tu, c'est que mon âme, à moi, n'est pas pure comme la tienne, et que toutes les passions de la terre l'offusquent et la bouleversent. Je réitère donc ma question : Es-tu ambitieuse ? et te consolerais-tu jamais de la perte de ton amour par l'espérance d'une grande fortune.... d'un trône ?...

— Madame, répondit Aïssa en frémissant, je n'ai pas d'éloquence et ne sais si je parviendrai à persuader votre douleur ; mais, par le Dieu vivant ! soit-il le mien, soit-il le vôtre, je vous jure que dans le cas où don Pedro me tiendrait en son pouvoir et voudrait m'imposer son amour, je vous jure que j'aurai mon poignard pour me percer le cœur, ou une bague comme la vôtre pour aspirer un poison mortel.

— Une bague comme la mienne, s'écria dona Maria se reculant vivement en cachant sa main sous sa mante, tu sais...

— Je sais, parce que tout le monde en ce palais l'a dit tout bas, que, dévouée au roi don Pedro et tremblant de tomber après la perte de quelque bataille entre les mains de ses ennemis, vous aviez l'habitude de porter en cette bague un poison subtil pour vous faire libre au besoin... C'est aussi, du reste, l'habitude des gens de mon pays ; je ne serai pour mon Agénor ni moins vaillante ni moins fidèle que vous pour don Pedro. Je mourrai lorsque je verrai qu'il va perdre son bien...

Dona Maria serra les mains d'Aïssa, la baisa même au front avec une farouche tendresse.

— Tu es une généreuse enfant, dit-elle, et tes paroles me dicteraient mon devoir, si je n'avais quelque chose de plus sacré à garantir en ce monde que mon amour...

Oui, je devrais mourir, ayant perdu mon avenir et ma gloire, mais qui veillera sur cet ingrat et ce lâche que j'aime encore ? qui le sauvera d'une mort honteuse, d'une ruine plus honteuse encore ? Il n'a pas un ami ; il a des milliers d'ennemis acharnés. Tu ne l'aimes pas, tu ne céderas à aucune suggestion : c'est tout ce que je désire, parce que le contraire est la seule chose que je redoutais. Maintenant, la ligne que je vais suivre est toute tracée. Avant que l'aurore ait paru demain, il y aura en Espagne un changement dont parlera tout l'univers.

— Madame, dit Aïssa, prenez garde aux emportemens de votre esprit si courageux... Prenez garde que je suis seule au monde, que je n'ai d'espoir et de bonheur qu'en vous et par vous.

— Je songe à tout cela : le malheur épure mon âme, je n'ai plus d'égoïsme n'ayant plus d'amour vulgaire.

— Ecoute, Aïssa, mon parti est pris : je vais aller trouver don Pedro ; cherche bien dans le coffret incrusté d'or qui doit se trouver dans la pièce voisine, tu trouveras une clef. C'est la clef d'une porte secrète aboutissant aux appartemens de don Pedro.

Aïssa courut et rapporta en effet cette clef, dont s'empara Maria.

— Vais-je rester seule en cette triste demeure, madame ? dit la jeune fille.

— Je sais pour toi une retraite inviolable. Ici peut-être pourrait-on pénétrer jusqu'à toi, mais viens, au bout de la chambre dont tu viens de prendre la clef, il y a une dernière chambre enfermée de murs et sans issue. Je t'y enfermerai, tu n'auras rien à craindre...

— Seule ! oh non ! seule j'aurais peur.

— Enfant ! tu ne peux pourtant m'accompagner : c'est du roi que tu crains quelque chose ; eh bien ! puisque je vais me trouver près de lui !

— C'est vrai, dit Aïssa, oui, madame; eh bien! je me résigne, j'attendrai... non pas en cette chambre noire et reculée, oh ! non, ici même, sur les coussins où vous avez reposé, là où tout me rappellera votre présence et **votre** protection.

— Il faut bien que tu reposes, cependant.

— Je n'en ai pas besoin, madame.

— Comme tu voudras, Aïssa ; passe le temps de mon absence à supplier ton Dieu de me faire triompher, car alors, demain, au grand jour et sans appréhensions, tu prendras 'a route qui conduit à Rianzarès, demain, tu pourras en me quittant te dire : Je vais à mon époux, et sur la terre, aucun pouvoir ne sera assez fort pour m'écarter de lui.

— Merci, madame, merci ! s'écria la jeune fille en inondant de baisers les mains de sa généreuse amie... Oh ! oui, je prierai, oh ! oui, Dieu m'entendra.

Au moment où les deux jeunes femmes échangeaient ce tendre adieu, l'on eût pu voir du fond du patio monter peu à peu sous les branches des orangers une tête curieuse, qui vint se placer au niveau de la galerie dans le plus épais de l'ombre.

Cette tête ainsi confondue avec le massif demeura immobile.

Dona Maria quitta la jeune fille et prit légèrement le chemin de la porte secrète.

La tête, sans remuer, tourna de gros yeux blancs vers dona Maria, la vit pénétrer dans le corridor mystérieux, et prêta l'oreille.

En effet le bruit d'une porte criant sur ses gonds rouillés se fit entendre à l'autre extrémité de ce couloir, et aussitôt la tête disparut du milieu de l'arbre, comme celle d'un serpent qui redescendrait en toute hâte.

C'était le sarrasin Hafiz qui glissait ainsi le long du tronc poli d'un citronnier.

Il trouva en bas une autre figure sombre qui l'attendait.

— Quoi donc ! Hafiz, tu redescends déjà ? lui dit ce personnage.

— Oui, maître, car je n'ai plus rien à voir dans l'appartement : dona Maria vient d'en sortir.

— Où va-t-elle ?

— Au bout de la galerie à droite, et là elle a disparu.

— Disparu !... oh ! par le saint nom du Prophète ! elle a pris la porte secrète, et elle va parler au roi. Nous sommes perdus.

— Vous savez que je suis à vos ordres, seigneur Mothril, dit Hafiz en pâlissant.

— Bien. Suis-moi vers les appartemens royaux : tout dort à cette heure. Il n'y a ni gardes, ni courtisans. Tu monteras par le patio du roi jusqu'à sa fenêtre, comme tu viens de faire, et tu écouteras là-bas comme tu viens d'écouter ici.

— Il y a un moyen plus simple, seigneur Mothril... et vous pourrez écouter vous-même.

— Lequel ?... hâte toi, grand Dieu !

— Suivez-moi alors... Je monterai le long d'une colonne du patio, j'arriverai à une fenêtre ; je m'introduirai par là, et saurai me glisser jusqu'à une porte de derrière que je vous ouvrirai. Vous pourrez, de cette façon, entendre à l'aise tout ce que don Pedro et Maria Padilla vont se dire ou se disent en ce moment.

— Tu as raison, Hafiz, et le Prophète t'inspire.— Je ferai ce que tu dis. — Montre-moi le chemin.

VI.

EXPLICATION.

Dona Maria ne se faisait pas illusion : le danger était extrême.

Las d'une possession de plusieurs années, blasé par les succès, et corrompu par l'adversité qui purifie les bonnes natures égarées, don Pedro avait besoin de stimulans pour le mal, et nullement de conseils pour le bien.

Il s'agissait de changer les dispositions de cette âme, et rien n'eût été impossible avec de l'amour ; mais il était à craindre que don Pedro n'en eût plus pour dona Maria.

Elle allait donc en aveugle dans ce chemin si bien éclairé pour Mothril son ennemi.

Nul doute que si elle eût rencontré le More en route, et qu'elle eût tenu un poignard, elle l'en eût frappé sans miséricorde, car elle sentait que cette influence maudite pesait sur sa vie depuis un an, et commençait à la dominer.

Maria pensait tout cela quand elle ouvrit la porte secrète et se trouva dans l'appartement du roi.

Don Pedro, épouvanté, incertain, errait comme une ombre dans sa galerie.

Ce silence de dona Maria, cette colère calme, lui donnait les plus vives appréhensions et la plus dangereuse colère.

— On vient, disait-il, me braver jusqu'en ma cour, on me montre que je ne suis pas le maître, et réellement je ne le suis pas, puisque l'arrivée d'une femme bouleverse tous mes projets, et détruit l'espoir de tous mes plaisirs.

C'est un joug qu'il faut que je rompe... si je ne suis pas assez fort pour agir seul, on m'aidera.

Il disait ces mots quand Maria, qui avait glissé comme une fée sur la dalle de faïence polie, l'arrêta par le bras et lui dit :

— Qui vous aidera, senor ?

— Dona Maria ! s'écria le roi comme s'il eût vu un spectre.

— Oui, dona Maria, qui vient vous demander, à vous, au roi, en quoi le conseil, le joug, si vous voulez, d'une noble espagnole, d'une femme qui vous aime, est plus déshonorant et plus lourd que le joug imposé à don Pedro par Mothril, à un roi chrétien par un More ?

Don Pedro serra les poings avec fureur.

— Pas d'impatience, dit dona Maria, pas de colère, ce

n'est pas l'heure ni le lieu. Vous êtes ici chez vous, et moi, votre sujette, je ne vais pas, vous le comprenez, vous dicter des volontés. Ainsi, maître comme vous l'êtes, senor, ne prenez pas la peine de vous irriter. Le lion ne querelle pas la fourmi.

Don Pedro n'était pas accoutumé à ces humbles protestations de sa maîtresse. Il s'arrêta interdit.

— Que voulez-vous donc, madame? dit-il.

— Peu de chose, senor. Vous aimez, à ce qu'il paraît, une autre femme, c'est votre droit; je n'examinerai pas si vous en usez bien ou mal, c'est votre droit; je ne suis pas votre épouse, et le fussé-je, je me rappellerais ce que, pour moi, vous avez infligé de chagrins et de tortures à celles qui furent vos épouses.

— Me le reprochez-vous? dit fièrement don Pedro qui cherchait l'occasion de s'irriter.

Dona Maria soutint son regard avec fermeté.

— Je ne suis pas Dieu, dit-elle, pour reprocher les crimes des rois! je suis une femme, vivante aujourd'hui, morte demain, un atôme, un souffle, le néant : mais j'ai une voix, et j'en use pour vous dire ce que vous n'entendrez que de moi.

Vous aimez, roi don Pedro, et chaque fois que cela vous est arrivé, un nuage a passé devant vos yeux et vous a caché tout l'univers... mais... vous détournez la tête... Qu'écoutez-vous ? Qui vous préoccupe ?...

— J'avais cru, dit don Pedro, entendre marcher dans la chambre voisine... non, c'est impossible...

—Pourquoi impossible... tout est possible, ici... Regardez-y, sire... je vous prie... Nous écouterait-on ?...

— Non, il n'y a pas de porte à cette chambre, et je n'ai pas un serviteur près de moi. C'est la brise du soir qui aura soulevé une portière et fait battre un panneau de fenêtre.

— Je vous disais, reprit dona Maria, que, comme vous ne m'aimez plus, j'ai pris la résolution de me retirer.

Don Pedro fit un mouvement.

— Cela vous rend joyeux, j'en suis bien aise, dit froidement dona Maria, je le fais pour cela. Je me retirerai donc, et vous n'entendrez plus jamais parler de moi. Dès ce moment, senor, vous n'avez plus pour maîtresse dona Maria de Padilla ; c'est une humble servante qui va vous faire entendre la vérité sur votre position.

Vous avez gagné une bataille, mais on vous dira que d'autres l'ont gagnée pour vous : votre allié, en pareil cas, est votre maître et vous le prouvera tôt ou tard. Déjà même le prince de Galles réclame des sommes considérables qui lui sont dues... Cet argent, vous ne l'avez pas ; ses douze mille lances, qui ont combattu pour vous, vont se tourner contre vous.

Cependant le prince votre frère à trouvé des secours en France, et le connétable, chéri de tout ce qui porte un nom français, va revenir avec la soif d'une revanche. Ce sont deux armées que vous aurez à combattre ; que leur opposerez-vous ?

Une armée de Sarrasins. — O roi chrétien ! vous avez un seul moyen de rentrer dans la confédération des princes de l'Eglise et vous vous privez de ce moyen. Vous voulez attirer sur vous, outre les armes temporelles, la colère du pape et l'excommunication ! Songez-y, les Espagnols sont religieux, ils vous abandonneront ; déjà même le voisinage des Mores les effraye et les dégoûte.

Ce n'est pas tout... l'homme qui vous pousse à votre ruine ne la trouve pas complète dans la misère et la dégradation, c'est à dire dans l'exil et la déchéance, il veut

vous imposer une alliance infâme, il veut faire de vous un
renégat. Dieu m'entend, je ne hais pas, j'aime Aïssa, je la
protége, je la défends comme une sœur, car je connais son
cœur et je connais sa vie. Aïssa, fût-elle fille d'un roi sarrasin, ce qui n'est pas, senor, je le prouverai, Aïssa ne vaut
pas mieux pour être votre femme que moi, la fille des anciens chevaliers de Castille, moi, la noble héritière de
vingt ancêtres valant des rois chrétiens. Pourtant, vous ai-
je demandé jamais de faire consacrer notre amour par un
mariage ? — Certes je le pouvais. — Certes, roi don Pedro
vous m'avez aimée !

Don Pedro soupira.

— Ce n'est pas tout. — Mothril vous parle de l'amour
d'Aïssa, que dis-je, il vous le promet, peut-être.

Don Pedro regarda inquiet, et vivement intéressé, comme
pour saisir avant qu'elles n'eussent retenti les paroles de
Maria.

— Il vous promet qu'elle vous aimera, n'est-ce pas?

— Quand cela serait, madame !

— Cela pourrait être, sire, et vous méritez plus que de
l'amour; il y a certaines personnes de votre royaume, et
ces personnes sont les égales d'Aïssa, je crois, qui ont pour
vous plus que de l'adoration.

Le front de don Pedro s'éclaircit ; doua Maria faisait ha-
bilement vibrer chaque corde sensible en son âme.

— Mais enfin, continua la jeune femme, dona Aïssa ne
vous aimera point, parce qu'elle en aime un autre.

— Cela est vrai? s'écria don Pedro, avec fureur ; cela
n'est pas une calomnie?

— Si peu une calomnie, seigneur, que si vous interrogiez
tout à l'heure Aïssa, que si vous l'interrogiez avant qu'elle

ait pu communiquer avec moi, elle vous dirait mot pour
mot ce que je vais vous dire.

— Dites, madame, dites : ce faisant, vous me rendrez
véritablement service. Aïssa aime quelqu'un... Qui aime-t-
elle ?

— Un chevalier de France qu'on appelle Agénor de
Mauléon.

— Cet ambassadeur qui me fut envoyé à Soria ; et Mothril
le sait ?

— Il le sait...

— Vous l'affirmez ?

— Je le jure.

— Et son cœur est pris de telle façon que me promettre
son amour a été de la part de Mothril un effronté mensonge, une trahison odieuse ?

— Un effronté mensonge, une odieuse trahison.

— Vous le prouverez, senora ?

— Aussitôt que vous l'ordonnerez, seigneur.

— Redites-le moi, que je me le persuade.

Dona Maria dominait le roi de toute sa hauteur. Elle le
tenait par l'orgueil et par la jalousie.

« — Par le Dieu vivant ! me dit tout à l'heure Aïssa, et
ses paroles retentissent encore à mon oreille, je vous jure
que, dans le cas où don Pedro me tiendrait en son pouvoir
et voudrait m'imposer son amour, je vous jure que j'aurai
un poignard pour me percer le cœur ou une bague comme
la vôtre pour aspirer un poison mortel. »

Et elle me désignait cette bague que j'ai au doigt, senor.

— Cette bague... dit don Pedro avec effroi... Qu'a donc
cette bague, senora ?

— Elle renferme en effet un poison subtil, senor. Je la porte depuis deux ans, pour assurer ma liberté de corps et d'âme, au cas, au jour, où dans les mauvaises chances de votre fortune que j'ai si fidèlement suivie, j'en rencontrerais une qui me livrât à vos ennemis.

Don Pedro sentit comme un remords à l'aspect de cet héroïsme simple et touchant.

— Vous êtes, dit-il, un noble cœur, Maria, et je n'ai jamais aimé une femme comme je vous ai aimée... mais les mauvaises chances sont loin... vous pouvez vivre !

— *Comme il m'a aimée !* pensa Maria en pâlissant, mais sans se trahir. Il ne dit plus comme il m'aime !

— Et voilà la pensée d'Aïssa ? reprit don Pedro après un silence.

— Tout entière, senor.

— C'est de l'idolâtrie pour ce chevalier français.

— C'est un amour égal à celui que j'ai eu pour vous, répondit dona Maria.

— Que vous avez eu ? dit don Pedro plus faible que sa maîtresse, et montrant sa blessure à la première douleur.

— Oui, seigneur.

Don Pedro fronça les sourcils.

— Pourrai-je interroger Aïssa ?...

— Quand il vous plaira.

— Parlera-t-elle devant Mothril?

— Devant Mothril, oui, seigneur.

— Elle dira tous les détails de son amour ?

— Elle avouera même ce qui fait la honte d'une femme.

— Maria ! s'écria don Pedro avec un élan terrible, Maria, qu'avez-vous dit !

— La vérité, toujours, répliqua-t-elle simplement.

— Aïssa déshonorée...

— Aïssa, qu'on veut faire asseoir sur votre trône, et placer dans votre lit, est fiancée au seigneur de Mauléon par des liens que Dieu seul à présent peut rompre, car ils sont les liens d'un mariage accompli...

— Maria ! Maria ! dit le roi ivre de fureur.

— Je vous devais ce dernier aveu... C'est moi qui, sollicitée par elle ai introduit le Français dans la chambre où Mothril la tenait enfermée, moi, qui, protégeant leurs amours, devais les réunir sur la terre de France.

— Mothril ! Mothril ! tous les châtimens seront trop faibles, toutes les tortures trop douces pour te faire expier ce lâche attentat ! Amenez-moi Aïssa, madame, je vous prie.

— Seigneur, j'y vais... Mais réfléchissez, je vous prie. J'ai trahi le secret de cette jeune fille pour servir l'intérêt, l'honneur de mon roi... Ne vaut-il pas mieux que vous vous en teniez à ma parole, ne pouvez-vous me croire sans cette preuve qui arrache l'honneur à la pauvre enfant.

— Ah ! vous hésitez, vous me trompez !

— Seigneur, je n'hésite pas, je cherche à rendre un peu de confiance à Votre Majesté : cette preuve nous l'aurons aussi bien dans quelques jours sans éclat, sans un scandale qui perdra cette jeune fille.

— Cette preuve je la veux sur-le-champ, et je vous somme de me la fournir sous peine de n'être pas crue dans vos accusations.

— Seigneur, j'obéis, dit Maria douloureusement émue.

— Je vous attends bien impatiemment, madame.

— Seigneur, vous allez être obéi.

— Si vous avez dit la vérité, dona Maria, demain il n'y aura plus en Espagne un seul More qui ne soit proscrit ou fugitif.

— Demain alors, seigneur, vous serez un grand roi ; et

moi, pauvre fugitive, pauvre délaissée, je rendrai grâce à Dieu du plus grand bonheur qu'il m'ait accordé en ce monde, la certitude de votre prospérité.

— Senora, vous pâlissez, vous chancelez, voulez-vous que j'appelle?

— N'appelez-pas, sire... Non... Je vais retourner chez moi... J'ai fait demander du vin, j'ai préparé un rafraîchissement qui m'attend sur ma table ; je brûle, et une fois désaltérée, je serai tout à fait bien ; ne pensez donc plus à moi, je vous prie.

— Mais je vous jure, dit tout à coup Maria en se précipitant vers la chambre voisine, je vous jure qu'il y avait là quelqu'un ; cette fois j'ai entendu, je ne me trompe pas, la marche d'un homme...

Don Pedro prit un flambeau, Maria un autre, et tous deux se précipitèrent dans cette chambre ; elle était déserte, rien n'annonçait qu'on y eût passé.

Seulement une portière tremblait encore du côté de la porte extérieure qu'avait annoncée Hafiz.

— Personne ! dit Maria surprise, j'ai bien entendu pourtant.

— Je vous l'ai dit, c'était impossible... Oh ! Mothril ! Mothril ! quelle vengeance je tirerai de ta trahison. Vous allez donc revenir, madame?

— Le temps de prévenir Aïssa et de reprendre le chemin secret.

Ayant ainsi parlé, dona Maria prit congé du roi, qui, dans sa fièvre d'impatience, confondit presque la reconnaissance du service rendu avec le souvenir de l'amour passé.

C'est qu'en effet dona Maria était une femme belle et passionnée, une femme qu'on ne pouvait oublier lorsqu'on l'avait vue.

3.

Fière et audacieuse, elle imposait le respect, elle arrachait l'amour. Plus d'une fois ce roi despote trembla de la voir s'irriter, plus souvent encore ce cœur blasé palpita dans l'attente de sa venue.

Aussi lorsqu'elle partit après s'être ainsi expliquée, don Pedro voulut-il courir après elle pour lui dire : — Qu'importe Aïssa, qu'importent les petites lâchetés qu'on trame dans l'ombre, vous êtes ce que j'aime, vous êtes le fruit que désire ardemment ma soif.

Mais dona Maria venait de fermer la porte de fer, et le roi n'entendit plus rien que le frôlement de sa robe sur les murs et le crépitement des branches séchées qui se brisaient sous ses pas.

VII.

LA BAGUE DE MARIA ET LE POIGNARD D'AISSA.

Le pied de Mothril avait effleuré bien légèrement la terre lorsque dona Maria crut entendre remuer dans la chambre. Mothril avait ôté ses sandales pour venir jusqu'à la tapisserie écouter ce qui se tramait contre lui.

La révélation du secret d'Aïssa l'avait pénétré de crainte et d'horreur. Que dona Maria eût pour lui de la haine, il n'en doutait pas ; qu'elle cherchât à le perdre en dénigrant sa politique, en dévoilant son ambition, le More en était certain ; mais ce qu'il ne pouvait supporter, c'était l'idée que don Pedro devînt indifférent pour Aïssa.

Aïssa, fiancée à Mauléon, Aïssa, déchue de sa pureté précieuse, devenait pour don Pedro un objet sans charme et sans valeur : et ne plus tenir don Pedro par l'amour d'Aïssa, c'était perdre le lien qui retient un coursier indompté.

Encore quelques momens et tout cet échafaudage si péniblement élevé s'écroulait. — Aïssa, sûre d'être protégée, venait avec sa compagne révéler à don Pedro le secret tout entier... Alors dona Maria reprenait tous ses droits, alors Aïssa perdait les siens, alors Mothril, honteux, honni, chassé, maltraité comme un misérable faussaire, prenait, avec ses compatriotes, le funèbre chemin de l'exil ; en admettant qu'il ne fût pas poussé tout d'abord dans la tombe par cet ouragan de la colère royale. Voilà donc ce qui se déroula aux yeux du More pendant que Maria parlait à don Pedro, et que ces paroles tombaient une à une comme des gouttes de plomb fondu sur la plaie vive de cet ambitieux.

Haletant, éperdu, tantôt froid comme le marbre, tantôt brûlant comme le souffre en ébulition, Mothril se demandait pourquoi, la main sur un poignard fidèle, il ne tuait pas d'un seul coup le maître qui écoutait et la révélatrice qui parlait ; c'est-à-dire pourquoi il ne sauvait pas sa vie et sa cause.

Si don Pedro eût eu près de lui un autre ange gardien que Maria, cet ange n'eût pas manqué de l'avertir en ce moment qu'il courait un danger terrible.

Tout à coup le front de Mothril s'éclaircit, la sueur en

tomba moins abondante, moins glacée. Deux mots de
Maria lui avaient ouvert la voie du salut en même temps
que l'idée du crime.

Il la laissa donc achever tranquillement; elle put dire
toute sa pensée à don Pedro, et ce n'est qu'aux derniers
mots de l'entretien, alors qu'il n'avait plus rien à apprendre, qu'il sortit de sa cachette, et que la tapisserie trembla
derrière lui, comme le remarquèrent don Pedro et dona
Maria.

Mothril une fois dehors s'arrêta l'espace de deux secondes, et dit :

— Elle mettra, par le couloir secret, trois fois le temps
que je vais mettre à entrer dans sa chambre par le patio.

— Hafiz, dit-il en frappant sur l'épaule du jeune tigre qui
épiait chacun de ses ordres, cours au passage de la galerie, arrête dona Maria quand elle se présentera, demande-
lui pardon comme si le repentir t'égarait, accuse-moi si
tu veux, avoue, révèle... fais tout ce que tu voudras, mais
retiens-la cinq minutes avant qu'elle n'entre dans la galerie.

— Bien, maître, dit Hafiz; et, grimpant comme un lé-
zard sur la colonne de bois du patio, il entra dans le passage où déjà se faisait entendre le pas de dona Maria qui
s'approchait.

Mothril pendant ce temps fit le tour du jardin, monta
l'escalier de la galerie, et pénétra chez dona Maria.

D'une main il tenait son poignard, de l'autre un petit
flacon d'or qu'il venait de prendre dans un des plis de sa
large ceinture.

Lorsqu'il entra, la cire à demi consumée coulait en larges nappes sur le flambeau, Aïssa, les yeux fermés, dormait doucement sur les coussins. De ses lèvres entr'ou-

vertes s'exhalait un nom cher avec le parfum de son haleine.

— Elle d'abord, dit le More avec un sombre regard...
morte, elle n'avouera pas ce que dona Maria veut lui faire
dire...

— Oh !... frapper mon enfant, murmura-t-il... mon enfant qui dort... elle à qui peut-être, si je ne me presse pas
d'avoir peur, le Très-Haut réserve une couronne, attendons!... qu'elle meure seulement la dernière, que je me
réserve encore un moment d'espoir.

Il s'avança aussitôt vers la table, prit la coupe d'argent
à demi pleine encore de la boisson préparée par Maria elle-
même, et y versa tout entier le contenu du flacon d'or.

— Maria, dit-il tout bas, avec un affreux sourire, ce poison que je te verse ne vaut peut-être pas celui que tu caches dans ta bague, mais nous autres pauvres Mores, nous
sommes des barbares, excuse-moi : si mon breuvage ne te
plaît pas, je t'offrirai mon poignard.

Il achevait à peine quand la voix suppliante d'Hafiz arriva jusqu'à son oreille avec la voix plus animée de dona
Maria retenue dans le couloir secret...

— Par pitié ! disait le monstre enfant, pardonnez à ma
'eunesse, j'ignorais ce que mon maître me faisait faire.

— Je verrai plus tard, répondit Maria, laisse-moi ! Je
saurai m'enquérir et démêler dans les témoignages qu'on
portera sur toi la vérité que tu me caches.

Mothril s'alla blottir aussitôt derrière la tapisserie qui
masquait la fenêtre. Placé là, il pouvait tout voir, tout entendre, il pouvait s'élancer sur Maria lorsqu'elle voudrait
sortir.

Hafiz congédié par elle disparut lentement sous la sombre galerie.

Alors on eût pu voir Maria rentrer dans son appartement, et contempler avec une indéfinissable émotion Aïssa plongée dans le sommeil.

— J'ai profané aux yeux d'un homme, dit-elle, ton doux secret d'amour, j'ai noirci ta beauté de colombe, mais le tort que je t'ai fait sera bien réparé, pauvre enfant ! tu dors sous ma protection... dors ! cette minute encore je la laisse à tes doux rêves !

Elle fit un pas vers Aïssa. Mothril serra des doigts son arge poignard.

Mais le mouvement que venait de faire dona Maria la rapprocha de la table, où elle vit sa coupe d'argent et la liqueur vermeille qui appelait ses lèvres arides.

Elle prit cette coupe et but à longs traits.

La dernière gorgée touchait encore à son palais que déjà le froid dévorant de la mort avait touché son cœur.

Elle vacilla, ses yeux devinrent fixes, elle appuya ses deux mains sur sa poitrine, et devinant dans cette inconcevable douleur une nouvelle calamité, une nouvelle trahison peut-être, elle regarda autour d'elle avec anxiété, avec effroi, comme pour interroger la solitude et le sommeil, ces deux témoins muets de sa souffrance.

La douleur éclata dans son sein comme un incendie, Maria rougit, ses mains se crispèrent, il lui sembla que son cœur remontait à sa gorge, et elle ouvrit la bouche pour pousser un cri.

Prompt comme l'éclair, Mothril prévint ce cri par une étreinte mortelle.

Maria se débattit en vain dans ses bras. elle mordit en vain les doigts du Sarrasin qui lui fermaient la bouche.

Mothril, tandis qu'il retenait ainsi les bras et la voix de

l'infortunée, éteignit la bougie, et Maria tomba en même temps dans les ténèbres et dans la mort.

Ses pieds battirent quelques secondes le sol, avec un bruit qui réveilla la jeune Moresque sa compagne.

Aïssa se leva, et voulant marcher dans ces ténèbres trébucha sur le cadavre.

Elle tomba dans les bras de Mothril, qui lui saisit les mains et la renversa près de Maria en lui déchirant l'épaule d'un coup de poignard.

Inondée de sang, Aïssa s'évanouit. Alors, Mothril arracha du doigt de Maria l'anneau dans lequel était renfermé le poison.

Il vida cet anneau dans la coupe d'argent, et le remit au doigt de sa victime.

Puis, teignant dans le sang le poignard que la jeune Moresque portait à sa ceinture, il le déposa près de Maria, en sorte que ses doigts y touchaient.

Ce mystère d'horreur s'accomplit en moins de temps qu'il n'en faut au serpent des Indes pour étouffer deux gazelles qu'il guettait jouant au soleil dans les herbes d'une savane. Mothril, pour que sa tâche fût accomplie en entier, n'avait plus qu'à se mettre à l'abri du soupçon.

Rien n'était plus facile. Il rentra dans le patio voisin comme s'il fût revenu d'une excursion de surveillance.

Il demanda aux serviteurs du roi si le roi était couché. On lui répondit qu'on voyait le roi se promener avec une sorte d'impatience dans sa galerie.

Mothril demanda ses coussins, ordonna qu'un serviteur lui fît lecture de quelques versets du Koran, et parut s'abandonner à un profond sommeil.

Hafiz, sans avoir pu consulter son maître, l'avait compris, grâce à son instinct. Il s'était mêlé aux gardes de don

Pedro avec sa gravité accoutumée. Une demi-heure se passa ainsi. Le plus grand silence régnait dans le palais.

Tout à coup un cri déchirant retentit au fond de la galerie royale, et la voix du roi fit entendre ces mots effrayans :

— » Au secours! au secours! »

Chacun se précipita vers la galerie, les gardes avec leurs épées nues, les serviteurs avec la première arme qui leur tomba sous la main.

Mothril, se frottant les yeux et se redressant comme s'il eût encore été alourdi par le sommeil, demanda :

— Qu'y a-t-il ?

— Le roi! le roi! répondit la foule empressée.

Mothril se leva et marcha derrière les autres. Il vit s'avancer dans la même direction Hafiz qui, lui aussi, se frottait les yeux et semblait effaré de surprise.

On vit alors don Pedro, un flambeau à la main, sur le seuil de l'appartement de dona Maria. Il poussait de grands cris, il était pâle, et de temps en temps, se retournant vers la chambre, il redoublait ses gémissemens et ses imprécations.

Mothril fendit la foule qui entourait, muette et tremblante, le prince à demi fou.

Dix flambeaux jetaient sur la galerie leur sanglante lueur.

— Voyez! voyez! cria don Pedro... Mortes! mortes toutes deux!

— Mortes! répéta la foule sourdement.

— Mortes! dit Mothril; qui, mortes, seigneur?...

— Regarde, Sarrasin effronté! dit le roi dont les cheveux se hérissaient sur sa tête.

Le More prit une torche des mains d'un soldat, il entra lentement dans la chambre, et recula ou feignit de reculer à l'aspect des deux cadavres et du sang qui teignait les dalles.

— Dona Maria! dit-il... dona Aïssa! s'écria-t-il... Allah!

La foule répéta en frissonnant : dona Maria! dona Aïssa! mortes!

Mothril s'agenouilla et considéra les deux victimes avec une attention douloureuse.

— Seigneur, dit-il à don Pedro qui chancelait et appuyait sa tête sur ses deux mains baignées de sueur... il y a eu ici un crime commis, veuillez faire retirer tout le monde.

Le roi ne répondit pas... Mothril fit un signe, tout le monde se retira lentement.

— Seigneur, répéta le More avec le même ton d'affectueuse insistance, il y a eu un crime commis.

— Scélérat! s'écria don Pedro revenant à lui, je te revois ici, toi qui m'as trahi!...

— Mon seigneur souffre bien puisqu'il maltraite ainsi ses meilleurs amis, dit Mothril avec une inaltérable douceur.

— Maria!... Aïssa!... répétait don Pedro en délire... mortes!

— Seigneur, je ne me plains pas, moi, dit Mothril.

— Toi! te plaindre! infâme! Et de quoi te plaindrais-tu?...

— De ce que je vois dans la main de dona Maria l'arme qui a versé le sang illustre de mes rois, tué la fille de mon maître si vénéré, du grand calife.

— C'est vrai, murmura don Pedro... le poignard est dans la main de dona Maria... mais elle-même... elle, dont les traits offrent un aspect si effrayant, dont l'œil menace, dont les lèvres écument, elle, dona Maria, qui l'a tuée?...

— Comment le saurais-je, seigneur, moi qui dormais, et qui entre ici après vous.

Et le Sarrasin, après avoir contemplé le visage livide de
Maria, secoua la tête sans rien dire, seulement il examina
curieusement la coupe encore à demi pleine.

— Du poison! murmura-t-il.

Le roi se baissa sur le cadavre dont il saisit la main rai-
die avec une sombre terreur.

— Ah! s'écria don Pedro, la bague est vide!

— La bague? répéta Mothril en jouant la surprise;
quelle bague?

— Oui, continua le roi, la bague au poison mortel...
Ah! regardez! Maria s'est donné la mort! fit le roi.. Maria que j'attendais, Maria qui pouvait encore espérer mon
amour..

— Non, seigneur, je crois que vous vous trompez, dona
Maria était jalouse, et savait depuis longtemps que votre
cœur s'occupait d'une autre femme. Dona Maria, songez-y
bien, seigneur, a dû être frappée d'épouvante et mortellement blessée dans son orgueil en voyant venir chez vous
Aïssa que vous y appeliez. Sa colère passée, elle aura préféré la mort à l'abandon... d'ailleurs, elle ne mourait pas
pas sans vengeance, et pour une Espagnole, se venger est
un plaisir bien préférable à la vie.

Ce discours était d'une habile perfidie; le ton de naïve
confiance avec lequel il fut prononcé imposa un moment
à don Pedro. Mais tout à coup il fut emporté par la douleur,
par le ressentiment, et s'écria en saisissant le More à la
gorge :

— Mothril, tu mens! Mothril, tu te joues de moi. Tu at-
tribues la mort de dona Maria au regret de mon abandon,
tu ne sais donc pas, ou tu feins de ne pas savoir que je
préférais à tout dona Maria, ma noble amie.

— Seigneur, vous ne me disiez pas cela l'autre jour, quand vous accusiez dona Maria de vous fatiguer.

— Ne me dis pas cela, maudit, en présence de ce cadavre !

— Seigneur, j'enchaînerai ma langue, je m'ôterai la vie avant de déplaire à mon roi, mais je voudrais calmer sa douleur, et j'y tâche en ami fidèle.

— Maria ! Aïssa ! dit don Pedro éperdu... Mon royaume pour racheter une heure de votre vie !

— Dieu fait bien ce qu'il fait, psalmodia lugubrement le More. Il m'a ôté la joie de mes vieux jours, la fleur de ma vie, la perle d'innocence qui enrichissait ma maison.

— Mécréant, s'écria don Pedro dont ces paroles, lancées à dessein, réveillaient l'égoïsme, et par conséquent la fureur, tu parles encore de la candeur et de l'innocence d'Aïssa, toi qui savais son amour pour le chevalier franc, toi qui savais son déshonneur.

— Moi, répliqua le More d'une voix étranglée... moi, je savais le déshonneur de dona Aïssa, Aïssa était déshonorée !... Ah ! fit-il avec un rugissement de colère, qui pour être affecté n'était pas moins terrible, qui a dit cela ?

— Celle à qui ta haine ne portera plus préjudice, celle qui ne mentait pas, celle que la mort vient de m'enlever.

— Dona Maria ! fit le Sarrasin avec mépris, elle avait intérêt à le dire... elle pouvait bien dire cela par amour, puisqu'elle est morte par amour, elle pouvait bien calomnier par vengeance puisqu'elle a tué par vengeance.

Don Pedro demeura silencieux, réfléchi, devant cette accusation si logique et si hardie.

— Si dona Aïssa n'était pas percée d'un coup de poignard, ajouta Mothril, on viendrait peut-être nous dire qu'elle a voulu assassiner dona Maria.

Ce dernier argument dépassait toutes les limites de l'audace. Don Pedro le prit pour s'en servir.

— Pourquoi non, dit-il... Dona Maria m'avait révélé le secret de ta moresque, celle-ci ne peut-elle pas s'être vengée sur la révélatrice.

— Fais attention, répondit Mothril, que la bague de dona Maria est vide... Or, qui l'a vidée sinon elle-même... Roi, tu es bien aveugle puisque tu ne vois pas, par la mort de ces deux femmes, que Maria t'avait trompé.

— Comment cela? Elle devait m'apporter la preuve, m'amener Aïssa pour me répéter les paroles de Maria.

— Est-elle venue?

— Elle est morte.

— Parce qu'il fallait prouver pour revenir, et qu'elle ne pouvait prouver.

Don Pedro, cette fois encore, baissa la tête, égaré dans cette obscurité terrible.

— La vérité! murmura-t-il, qui me dira la vérité?

— Je te la dis.

— Toi, s'écria le roi avec un redoublement de haine! tu es un monstre qui persécutas dona Maria, qui voulus me la faire abandonner, c'est toi qui as causé sa mort... Eh bien! tu disparaîtras de mes Etats, tu prendras la route de l'exil, voilà la seule grâce que je te puisse faire.

— Silence, seigneur! un prodige, répliqua Mothril, sans répondre à cette véhémente sortie de don Pedro, le cœur de dona Aïssa bat sous ma main, elle vit, elle vit!

— Elle vit, s'écria don Pedro, tu en es sûr?

— Je sens le battement du cœur.

— La blessure n'est pas mortelle, peut-être... un médecin!...

— Nul parmi les chrétiens, dit Mothril avec une sombre

autorité, ne portera la main sur une noble fille de ma nation ; Aïssa ne sera peut-être pas sauvée, mais si elle l'est, ce sera par moi seul,

— Sauve-la ! Mothril, sauve-la !... pour qu'elle parle...

Mothril attacha sur le roi un profond regard

— Pour qu'elle parle, dit-il, mon seigneur, elle parlera.

— Eh bien ! Mothril, nous verrons alors.

— Oui, seigneur, nous verrons si je suis un calomniateur, et si Aïssa est déhonorée.

Don Pedro, qui était à genoux devant les deux cadavres, regarda alors le sinistre visage de Maria, contracté par une mort hideuse; puis le calme et doux visage d'Aïssa, endormie dans son évanouissement.

— Au fait, dit-il en lui-même, dona Maria était bien jalouse, et je me rappelle toujours qu'elle n'a pas défendu autrefois Blanche de Bourbon, que j'ai fait tuer pour elle.

Il se releva, ne voulant plus considérer que la jeune fille.

— Sauve-la, Mothril, dit-il au Sarrasin.

— Ne craignez rien, seigneur, je veux qu'elle vive, elle vivra.

Don Pedro se retira frappé d'une sorte de superstitieuse terreur, et il lui sembla que le spectre de dona Maria se relevait du sol et le suivait dans la galerie.

— Si la jeune fille était en état de parler, dit-il, amène-la moi, ou fais-moi prévenir, je veux l'interroger.

Ce fut sa dernière parole. Il rentra chez lui sans regrets, sans amour, sans espoir.

Mothril ordonna que les portes fussent fermées, il fit cueillir, par Hafiz, différens baumes dont il exprima le suc sur la blessure d'Aïssa, blessure que son poignard si habile avait faite avec la dextérité d'un couteau de chirurgien.

Aïssa revint à elle aussitôt que Mothril lui eût fait respirer quelques puissans aromates. Elle était affaiblie ; mais
sa mémoire lui revenant avec les forces, le premier usage
qu'elle fit de la vie fut de pousser un cri d'effroi.

Elle venait d'apercevoir le corps inanimé de Maria Padilla, gisant à ses pieds, l'œil encore chargé de menace et
de désespoir.

VIII.

LA PRISON DU BON CONNÉTABLE.

Cependant Duguesclin avait été conduit à Bordeaux, résidence du prince de Galles, et il s'y voyait traité avec les
plus grands égards, mais en prisonnier qu'on surveille
étroitement.

Le château dans lequel on l'avait renfermé avait un gouverneur et un geôlier. Cent hommes d'armes faisaient la
garde et ne laissaient pénétrer personne auprès du connétable.

Toutefois, les officiers les plus distingués de l'armée an-
glaise tenaient à honneur de rendre visite au prisonnier.

Jean Chandos, le sire d'Albret, et les principaux seigneurs de la Guienne obtinrent la permission de dîner et de souper souvent avec Dügusclin, qui, bon convive et joyeux compagnon, les recevait à merveille, et, pour les bien traiter, empruntait de l'argent aux Lombards de Bordeaux sur ses propriétés de Bretagne.

Peu à peu le connétable endormit les défiances de la garnison. Il paraissait se plaire dans sa prison, et n'annonçait en rien le désir d'être libre.

Lorsque le prince de Galles le visitait et lui parlait de sa rançon en riant,

— Elle se fait, disait-il, monseigneur, patience.

Le prince alors lui confiait ses ennuis. Duguesclin, avec sa franchise accoutumée, lui reprochait d'avoir mis son génie et sa puissance au service d'une aussi méchante cause que celle de don Pedro.

— Comment, disait-il, un chevalier de votre rang et de votre mérite a-t-il pu s'abaisser à défendre ce pillard, cet assassin, ce renégat couronné?

— Raison d'État, répliquait le prince.

— Et désir d'inquiéter la France, n'est-ce pas? répondait le connétable.

— Ah! messire Bertrand, ne me faites pas parler politique, disait le prince.

Et l'on riait.

Parfois la duchesse, femme du prince, envoyait à Bertrand des rafraîchissemens, des présens ouvragés de ses mains, et ces douces prévenances rendaient plus supportable au prisonnier le séjour de la forteresse.

Mais il n'avait près de lui personne à qui confier ses chagrins, et ses chagrins étaient profonds. Il voyait le temps s'écouler, il sentait que cette armée, levée avec tant de peines, s'éparpillait de jour en jour, plus difficile à rassembler quand il le faudrait.

Il avait presque sous les yeux le spectacle de la captivité de douze cents officiers et hommes d'armes ses compagnons, pris à Navarette, noyau d'une troupe invincible qui, devenus libres, ramasseraient avec ardeur les débris de cette grande puissance écrasée en un jour de défaite imprévue.

Souvent il pensait au roi de France, bien embarrassé sans doute en ce moment.

Il voyait, du fond de sa prison ténébreuse, le cher et vénérable sire se promener tête baissée sous les treilles du jardin de Saint-Paul, tantôt se lamentant, tantôt espérant, et murmurant comme Auguste : Bertrand ! rends-moi mes légions !

Et pendant ce temps, ajoutait Duguesclin en ses monologues intérieurs, la France est dévorée par le reflux des compagnies : les Caverley, les Vert-Chevalier, pareils aux sauterelles, rongent le reste de la pauvre moisson.

Puis Duguesclin pensait à l'Espagne, aux insolens abus de don Pedro, à la condition obscure de Henri, renversé à tout jamais du trône auquel il avait touché de la main.

Alors le connétable ne pouvait s'empêcher d'accuser la lâche nonchalance de ce prince, qui, au lieu de poursuivre furieusement son œuvre, d'y consacrer sa fortune, sa vie, de soulever une moitié du monde chrétien contre les infidèles Espagnols attachés à don Pedro, mendiait sans doute bassement sa vie près de quelque châtelain ignoré.

Quand ce flot de pensées envahissait l'âme du bon connétable, la prison lui paraissait odieuse ; il regardait les barreaux de fer, comme Samson les gonds des portes de

Gaza, et il se sentait la force d'emporter la muraille sur son épaule.

Mais la prudence lui conseillait promptement de faire bon visage, et comme à sa loyauté bretonne Bertrand joignait l'astuce du Bas-Normand, comme il était à la fois fin et fort, le connétable ne poussait jamais autant d'éclats de joie, il ne buvait jamais aussi bruyamment qu'aux heures du découragement et de l'ennui.

Aussi donna-t-il le change à quelques-uns des plus rusés Anglais.

Une autorité supérieure maintenait cependant autour du prisonnier la plus rigoureuse surveillance. Trop fier pour s'en plaindre, le connétable ne savait à qui, ni à quoi attribuer ce déploiement de sévérités qui allaient jusqu'à arrêter la circulation des lettres qu'on lui envoyait de France.

La cour d'Angleterre avait regardé comme un des plus heureux résultats de la victoire de Navarette la prise de Duguesclin.

Le connétable, en effet, était le seul obstacle sérieux que les Anglais, commandés par un héros tel que le prince de Galles, pussent rencontrer en Espagne.

Le roi Édouard, bien conseillé, voulait étendre peu à peu sa puissance dans ce pays ravagé par la guerre civile. Il sentait bien que don Pedro, allié des Mores, serait tôt ou tard détrôné, que don Henri vaincu et tué, il ne restait plus de prétendans au trône de Castille, proie facile dès lors pour l'armée victorieuse du prince de Galles.

Mais si Bertrand était libre, les choses changeaient de face : il pouvait rentrer en Espagne, reconquérir l'avantage perdu à Navarette, chasser les Anglais et don Pedro, installer à jamais Henri de Transtamare, et c'était fait d'un

plan de domination qui, depuis cinq ans, préoccupait le
conseil du roi d'Angleterre.

Édouard jugeait moins chevaleresquement les hommes
que son fils. Il supposait que le connétable pouvait s'évader, que s'il ne s'évadait pas, il pouvait être enlevé ; que
même prisonnier, enchaîné, impuissant entre quatre murailles, il pouvait donner un bon conseil, un bon plan d'in-
vasion, une espérance au parti vaincu.

Aussi Édouard avait-il placé près de Duguesclin deux
surveillans incorruptibles. le gouverneur et le geôlier, qui,
tous deux, ne relevaient que de l'autorité directe du grand
conseil d'Angleterre.

Édouard ne communiquait pas au prince de Galles, si
éminemment noble et loyal, l'arrière-pensée de ses conseillers. Il craignait que ce prince n'y mît obstacle par une résistance magnanime.

Le fait est que le monarque anglais ne voulait à aucun
prix rendre le prisonnier contre rançon, et qu'il espérait,
en gagnant du temps, le retirer des mains du prince de
Galles, le faire conduire à Londres, où la Tour lui paraissait, pour un semblable trésor, un plus fidèle dépositaire
que le château de Bordeaux.

Certes, le prince de Galles, s'il eût eu avis de cette dé-
termination, eût mis Duguesclin en liberté avant d'en recevoir l'ordre officiel. Aussi attendait-on à Londres que les
affaires d'Espagne fussent bien assises, que don Pedro pa-
rût consolidé sur le trône, que la France fût tenue rigou-
reusement en échec, pour pouvoir, par un coup d'État
soudain, par un ordre du grand conseil, rappeler le prince
à Londres avec son prisonnier.

Or, le monarque anglais attendait le moment favorable.

Duguesclin, lui, ne sentait pas l'orage. Il vivait avec confiance sous la main qu'il trouvait toute-puissante de son vainqueur de Navarette.

Le jour tant désiré par l'illustre prisonnier éclaira enfin les barreaux de sa chambre.

Le sire de Laval venait d'arriver à Bordeaux avec la rançon.

Ce noble Breton fit connaître ses intentions et sa mission au prince de Galles.

Il était midi. Le soleil descendait obliquement dans l'appartement du connétable qui, seul en ce moment, regardait avec tristesse les rayons décroître sur la muraille nue. Les trompettes sonnèrent, les tambours battirent : Bertrand comprit qu'une illustre visite lui arrivait.

Le prince de Galles entra chez lui, tête nue, avec un visage riant.

— Eh bien ! sire connétable, dit il, tandis que Duguesclin le saluait un genou en terre, ne désiriez-vous pas le soleil...? il est beau ce matin.

— Le fait est, monseigneur, répliqua Duguesclin, que j'aimerais mieux le chant des rossignols de mon pays que le petit cri des souris de Bordeaux ; mais à ce que fait Dieu l'homme n'a rien à dire.

— Bien au contraire, sire connétable, quelquefois Dieu propose et l'homme dispose. Savez-vous les nouvelles de votre pays?

— Non, monseigneur, fit Bertrand d'une voix émue, tant ce doux nom remuait d'angoisses et de plaisir en son cœur.

— Eh bien ! sire connétable, vous allez être libre : l'argent est arrivé.

Ayant ainsi parlé, le prince tendit la main à Bertrand stupéfait, et le quitta en souriant :

A la porte :

— Messire gouverneur, dit-il à l'officier chargé de garder le prisonnier, vous laisserez, s'il vous plaît, approcher du connétable l'ami et l'argent qui lui arrivent de France.

Le prince, ayant ainsi parlé, sortit du château.

Le gouverneur, sombre et soucieux, demeura seul avec le connétable.

Cette arrivée inattendue de Laval détruisait tous les plans du conseil d'Angleterre, et Duguesclin allait être libre malgré tout.

Sans un ordre exprès du roi Edouard, le gouverneur ne pouvait s'opposer à la volonté du prince de Galles, et cet ordre n'était pas arrivé.

Cependant, le gouverneur connaissait la pensée intime du conseil d'Angleterre ; il savait que la sortie du connétable serait une source de malheurs pour sa patrie, et un chagrin pour le roi Edouard. Il se résolut donc à tenter de faire par lui-même ce que le gouvernement n'avait encore pu faire, tant l'expédition de Mauléon avait été rapide, tant l'empressement des Bretons à libérer leur héros avait été enthousiaste.

Donc, le gouverneur, au lieu de donner des ordres au geôlier, selon que le prince de Galles lui avait prescrit, vint tenir société au prisonnier.

— Vous voilà donc libre, seigneur connétable, dit-il, et ce sera un vrai malheur pour nous de vous perdre.

Duguesclin sourit.

— En quoi ? dit-il avec un air railleur

— C'est un honneur si grand, messire Bertrand, pour un simple chevalier tel que je suis, de garder un si puissant guerrier que vous !

— Bon ! dit le connétable avec son enjouement ordi-

naire, je suis de ceux qui se font toujours prendre en bataille. Le prince me fera de nouveau prisonnier, c'est infaillible, et alors vous me garderez encore ; car, je le jure,
vous gardez bien.

Le gouverneur soupira.

— Il me reste une consolation, dit-il.

— Laquelle ?

— J'ai en garde tous vos compagnons : douze cents Bretons, prisonniers comme vous... Je causerai de vous avec
eux.

Duguesclin sentit sa joie l'abandonner à l'idée que ses
amis allaient rester prisonniers, tandis que lui, sortant d'es-
clavage, reverrait le soleil du pays.

— Ces dignes compagnons, ajouta le gouverneur, seront affligés de vous voir partir ; mais par mes bons offices
je diminuerai l'ennui de leur captivité.

Nouveau soupir de Bertrand, qui, cette fois, se mit à
arpenter en silence le sol dallé de la chambre.

— Oh ! continua le gouverneur, la belle prérogative du
génie et de la valeur ! un homme vaut par son mérite
douze cents hommes à la fois.

— Comment cela ? dit Bertrand.

— Je veux dire, messire, que la somme apportée par le
sire de Laval pour vous libérer suffirait à payer la rançon
de vos douze cents compagnons.

— Cela est vrai ! murmura le connétable, plus rêveur,
plus sombre que jamais.

— C'est la première fois, poursuivit l'Anglais, qu'il m'est
démontré visiblement qu'un homme peut valoir une armée. En effet, vos douze cents Bretons, seigneur connétable, sont une véritable armée, et feraient à eux seuls une
campagne. Par saint Georges, messire, si j'étais à votre

                                                    4.

place, et riche comme vous l'êtes, je ne sortirais d'ici qu'en illustre capitaine, avec mes douze cents soldats !

— Voilà un brave homme, se dit Duguesclin pensif; il me marque mon devoir... En effet, il ne convient pas qu'un homme, fait de chair et d'os comme les autres, coûte aussi cher à son pays que douze cents chrétiens vaillans et honnêtes.

Le gouverneur suivait d'un œil attentif le progrès de son insinuation.

— Çà ! dit Bertrand tout à coup, vous croyez que les Bretons ne coûteraient que soixante-dix mille florins de rançon ?

— J'en suis certain, seigneur connétable.

— Et que, la somme étant donnée, le prince les délivrerait ?

— Sans marchander...

— Vous vous en portez garant ?

— Sur mon honneur et ma vie ! dit le gouverneur tressaillant de joie.

— C'est bien ; faites entrer ici, je vous prie, le sire de Laval, mon compatriote et mon ami. Faites monter aussi mon scribe, avec tout ce qu'il faut pour rédiger une cédule en bonne forme.

Le gouverneur ne perdit pas de temps ; il était si heureux qu'il oublia que sa consigne était de ne laisser arriver près du prisonnier que des Anglais ou des Navarrais, ses ennemis naturels.

Il transmit au geôlier surpris l'ordre de Bertrand, et courut lui-même prévenir le prince de Galles.

IX.

LA RANÇON.

Bordeaux était pleine de tumulte et d'agitation causés par l'arrivée du sire de Laval avec ses quatre mulets chargés d'or et les cinquante hommes d'armes portant les bannières de France et de Bretagne.

Une foule considérable avait suivi le cortége imposant, et sur tous les visages on lisait, soit l'inquiétude et le dépit s'il s'agissait d'un Anglais, soit la joie et le triomphe si le visage était d'un Gascon ou d'un Français.

Le sire de Laval recueillait en passant les félicitations des uns, les lourdes imprécations des autres. Mais sa contenance était calme et impassible ; il tenait après les trompettes la tête du cortége, une main sur son poignard, l'autre à la bride de son puissant cheval noir, et, visière levée, il fendait les flots de la foule curieuse, sans presser ni ralentir devant aucun obstacle le pas de sa monture.

Il arriva devant le château où Duguesclin était prisonnier, mit pied à terre, donna son cheval aux écuyers, et commanda aux quatre muletiers de descendre les coffres qui contenaient les espèces.

Ces gens obéirent.

Tandis qu'ils soulevaient l'un après l'autre les quatre pesans fardeaux, et que les curieux se pressaient avidement autour de l'escorte, un chevalier, visière baissée, sans couleurs ni devise, s'approcha du sire de Laval et lui dit en pur français :

— Messire, vous allez avoir le bonheur de voir l'illustre prisonnier, le bonheur plus grand encore de le mettre en liberté, puis vous l'emmènerez au milieu des braves gens d'armes qui vous suivent ; moi, qui suis un des bons amis du connétable, je n'aurais peut-être pas l'occasion de lui dire un mot, vous plairait-il me faire monter avec vous dans le donjon.

— Sire chevalier, dit M. de Laval, votre voix caresse agréablement mon oreille, vous parlez la langue de mon pays, mais je ne vous connais pas, et si l'on me demandait votre nom, je devrais mentir...

— Vous répondriez, dit l'inconnu, que je suis le bâtard de Mauléon.

— Mais vous ne l'êtes pas, dit vivement Laval, puisque le sire de Mauléon nous a quittés pour passer plus vite en Espagne.

— Je viens de sa part, messire, ne me refusez pas, j'ai un seul mot à dire au connétable, un seul...

— Dites-moi ce mot alors, je le lui transmettrai.

— Je ne puis le dire qu'à lui, et encore il ne peut le comprendre que si je lui montre mon visage. Je vous en supplie, sire de Laval, ne me refusez pas, au nom de l'honneur des armes françaises, dont, je vous le jure devant Dieu, je suis un des plus zélés défenseurs.

— Je vous crois, messire, dit le comte, mais vous me montrez bien peu de confiance... sachant qui je suis, ajouta-t-il avec un sentiment d'orgueil blessé

— Quand vous saurez qui je suis moi-même, sire comte, vous ne tiendrez plus un pareil langage... Voilà trois jours que je passe à Bordeaux, essayant de pénétrer auprès du connétable ; et ni or ni ruse ne m'a réussi.

— Vous m'êtes tout à fait suspect, répliqua le comte de Laval, et je ne chargerai pas pour vous ma conscience d'un mensonge. D'ailleurs, quel intérêt avez-vous à monter près du connétable, qui va sortir dans dix minutes ? Dans dix minutes, en effet, il sera ici, où vous êtes, et vous lui direz ce mot si important...

L'étranger s'agita impatiemment.

— D'abord, dit-il, je ne suis pas de votre avis, et je ne regarde pas le connétable comme libre. Quelque chose me dit que sa sortie de prison rencontrera plus de difficultés que vous ne le supposez. D'ailleurs, en admettant qu'il sortît dans dix minutes, comte, j'aurais déjà gagné ce temps sur la route que je veux prendre ; j'aurais évité tous les retards de la cérémonie de mise en liberté : visite au prince, remercîmens au gouverneur, festin d'adieu ; je vous en prie, menez-moi avec vous... je puis vous être utile.

L'étranger fut interrompu à ce moment par le geôlier, qui vint sur le seuil inviter le sire de Laval à pénétrer dans le donjon.

Le comte prit congé de son sollicteur avec une brusque autorité.

Le chevalier inconnu, qu'il semblait voir frissonner sous son armure, se retira le long d'un pilier, derrière les hommes d'armes, et attendit, comme s'il espérait toujours, que le dernier coffre eût disparu sur la route du donjon.

Tandis que le sire de Laval montait l'escalier, on vit passer par une galerie ouverte, qui joignait les deux ailes du château, le prince de Galles, précédé du gouverneur et suivi de Chandos et de quelques officiers.

Le vainqueur de Navarette allait rendre sa dernière visite à Duguesclin.

Toute la populace cria : Noël ! et vive saint Georges ! pour le prince de Galles...

Les trompettes françaises sonnèrent en l'honneur du héros, qui les salua courtoisement.

Puis, les portes se fermèrent, et toute la foule se rapprochant des degrés, attendit avec des murmures bruyans la sortie du connétable.

Le cœur battit violemment aux hommes d'armes bretons, qui allaient revoir leur grand capitaine, et qui, tous, eussent donné leur vie pour lui conquérir la liberté.

Cependant une demi-heure se passa ; l'impatience des assistans commençait à devenir de l'inquiétude pour les Bretons.

Le chevalier inconnu déchirait son gantelet droit avec son gantelet gauche.

On vit reparaître sur la galerie ouverte Chandos, causant vivement avec des officiers qui semblaient stupéfaits et étourdis de surprise.

Puis, lorsque la porte du château se rouvrit, au lieu de donner passage au héros devenu libre, elle laissa voir le sire de Laval, pâle, défait, tremblant d'émotion, qui cherchait des yeux dans la foule.

Plusieurs officiers bretons se précipitèrent vers lui.

— Qu'y a-t-il donc ? demandèrent-ils avec anxiété.

— Oh ! un grand désastre ! un étrange événement ! répliqua le comte... Mais où est donc cet inconnu, ce prophète de malheur ?

— Me voici, dit le chevalier mystérieux, me voici... je vous attendais.

— Désirez-vous toujours voir le connétable ?

— Plus que jamais !

— Eh bien ! hâtez-vous, car dans dix minutes il serait trop tard. Venez ! venez ! il est plus prisonnier que jamais.

— Nous allons voir, répliqua l'inconnu en gravissant légèrement les degrés derrière le comte qui l'entraînait à sa suite.

Le geôlier leur ouvrit la porte en souriant, et toute la foule rassemblée se mit sur mille s différens à commenter l'événement qui retardait la sortie du connétable.

— Çà, dit tout bas le chef des Bretons à ses hommes d'armes, le poing à l'épée, et attention !

X,

COMMENT AU LIEU DE RENDRE UN PRISONNIER, LE GOUVERNEUR DÉLIVRA UNE ARMÉE ENTIÈRE.

L'Anglais ne s'était pas trompé : il connaissait son prisonnier.

A peine le sire de Laval eut-il reçu l'ordre de pénétrer dans le château, à peine se fut-il jeté dans les bras du connétable, à peine, enfin, ce premier moment de mutuelle joie fut-il passé, que le connétable, considérant les coffres montés par les muletiers jusqu'au palier de la chambre :

— Que d'argent ! fit-il, mon cher ami.

— Jamais on ne vit impôt plus facilement levé, répondit le sire de Laval qui, fier de son compatriote, ne savait comment lui témoigner son respect et son amitié.

— Ce sont mes braves Bretons, dit le connétable, et vous tout le premier, qui vous êtes dépouillés.

— Il fallait voir les pièces pleuvoir dans la bourse des collecteurs, s'écria le sire de Laval, heureux de déplaire par cet enthousiasme au gouverneur anglais qui était revenu de sa visite chez le prince et écoutait impassible.

— Soixante-dix mille florins d'or, quelle somme ! répéta encore le connétable.

— Quelle somme, quand il s'agit de la percevoir ! petite quand elle est perçue et qu'on va la donner !

— Mon ami, interrompit Duguesclin, asseyez-vous, je vous prie. Vous savez qu'il y a ici douze cents compatriotes prisonniers comme moi ?

— Hélas ! oui, je le sais.

— Eh bien ! j'ai trouvé le moyen de les rendre libres. C'est par ma faute qu'ils furent pris, je réparerai aujourd'hui ma faute.

— Comment cela ? dit le sire de Laval étonné.

— Avez-vous eu l'obligeance, messire gouverneur, de faire monter le scribe ?

— Il est à la porte, sire connétable, dit l'Anglais, et il attend vos ordres.

— Qu'il entre.

Le gouverneur frappa trois fois du pied : le geôlier introduisit le scribe qui, prévenu sans doute, apprêta parchemin, plume, encre, et cinq longs doigts maigres.

— Écrivez ce que je vais vous dicter, mon ami, dit le connétable.

— J'attends, monseigneur.

— Je dicte :

« Nous, Bertrand Duguesclin, connétable de France et de Castille, comte de Soria, savoir faisons par les présentes que notre repentir est grand d'avoir, en un jour d'orgueil insensé, estimé notre valeur personnelle au prix de douze cents bons chrétiens et braves chevaliers qui, certes, valent mieux que nous. »

Ici le bon connétable s'arrêta sans étudier sur les physionomies l'effet de ce préambule.

Le scribe écrivit fidèlement.

« Nous en demandons humblement pardon à Dieu et à nos frères, continua Duguesclin, et pour réparer notre folie, nous consacrons la somme de soixante-dix mille florins au rachat des douze cents prisonniers faits par Son Altesse le prince de Galles à Navarette, de funeste mémoire. »

— Vous engagez vos biens ! s'écria le sire de Laval ; c'est un insigne abus de générosité, seigneur connétable.

— Non, mon ami, mes biens sont déjà dissipés, et je ne puis réduire madame Tiphaine à la misère ; elle n'a souffert que trop déjà par mon fait.

— Que faites-vous donc alors ?

— L'argent que vous m'apportez est bien à moi ?

— Assurément ; mais...

— Il suffit. S'il est à moi, j'en dispose à mon gré. Écrivez, messire le scribe :

« J'affecte à ce rachat les soixante-dix mille florins que m'apporte le sire de Laval. »

— Mais, seigneur connétable, s'écria Laval épouvanté, vous demeurez prisonnier.

— Et couvert d'une gloire immortelle, interrompit le gouverneur.

— Cela est impossible, continua Laval, réfléchissez-y.

— Vous avez écrit ? dit le connétable au scribe.

— Oui, monseigneur.

— Donnez donc que je signe.

Le connétable prit la plume et signa rapidement.

A ce moment, les trompettes annoncèrent l'arrivée du prince de Galles.

Déjà le gouverneur s'était saisi du parchemin.

Quand le sire de Laval aperçut le prince anglais, il courut à lui, et, fléchissant le genou :

— Seigneur, dit-il, voilà l'argent demandé pour la rançon de M. le connétable, acceptez-vous?

— Selon ma parole, et de grand cœur, dit le prince.

— Cet argent, monseigneur, est bien à vous, prenez-le, continua le comte,

—Un moment, dit le gouverneur : Votre Altesse n'est pas informée de l'incident qui se présente, qu'elle veuille bien lire ce parchemin.

—Pour l'annuler, s'écria Laval.

— Pour le faire exécuter, dit le connétable.

Le prince jeta les yeux sur la cédule, et, pénétré d'admiration :

— Voilà un beau trait, dit-il, et je voudrais l'avoir fait.

— Cela vous était inutile, monseigneur, reprit Duguesclin, à vous qui êtes le vainqueur.

— Votre Altesse ne retiendra pas le connétable! s'écria Laval.

— Non, certes, s'il veut sortir, dit le prince.

— Mais je veux rester, Laval, je le dois, demandez à ces seigneurs ce qu'ils en pensent.

Chandos, Albret et les autres témoignèrent hautement leur admiration.

-- Eh bien! dit le prince, que l'on compte l'argent, et vous, messieurs, faites mettre en liberté les prisonniers bretons.

Ce fut alors que sortirent les capitaines anglais, ce fut alors aussi que Laval, à demi fou de douleur, se rappela le sinistre augure du chevalier inconnu, et courut hors du château pour l'appeler à l'aide.

Déjà, dans le château, un officier faisait l'appel des prisonniers; déjà les coffres étaient vides, l'or entassé par piles, quand Laval revint avec l'inconnu.

— Dites maintenant au connétable ce que vous avez à lui dire, murmura Laval à l'oreille du chevalier, tandis que le prince causait familièrement avec Duguesclin, et puisque vous avez tant de pouvoir, magique ou naturel, persuadez-le de prendre pour lui l'argent de la rançon au lieu de le donner à d'autres.

L'inconnu tressaillit. Il fit deux pas en avant, et son éperon d'or résonna sur la dalle.

Le prince se retourna au bruit.

— Quel est ce chevalier? demanda le gouverneur.

— Un mien compagnon, dit Laval.

— Qu'il lève sa visière alors, et soit le bienvenu, interrompit le prince.

— Seigneur, dit l'inconnu d'une voix qui fit tressaillir Duguesclin à son tour ; j'ai fait un vœu de garder mon visage couvert, permettez-moi de l'accomplir.

— Ainsi soit-il, seigneur chevalier, mais vous n'avez pas dessein de rester inconnu pour le connétable.

— Pour lui comme pour tous, seigneur.

— En ce cas, s'écria le gouverneur, vous aurez à sortir du château, où j'ai l'ordre de ne laisser entrer que des gens qui me soient connus.

Le chevalier s'inclina comme pour montrer qu'il était disposé à obéir.

— Les prisonniers sont libres, dit **Chandos** en rentrant dans la salle.

— Adieu, Laval, adieu, s'écria le connétable avec un serrement de cœur qui n'échappa point à celui-ci, car il saisit les mains de Bertrand en disant :

— Pour Dieu ! il est temps encore, désistez-vous.

— Non, sur ma vie, non, répliqua le connétable.

— En voulez-vous donc à son honneur à ce point? dit le gouverneur; s'il n'est pas libre aujourd'hui, dans un mois il peut l'être. L'argent se trouve, des occasions de gloire comme celle-là ne se trouvent pas deux fois.

Le prince semblait applaudir, ses capitaines l'imitaient.

Le chevalier inconnu s'avança aussitôt gravement vers le gouverneur, et d'une voix majestueuse :

— C'est vous-même, dit-il, sire gouverneur, qui en voulez à la gloire de votre maître, en lui laissant faire ce qu'il fait.

— Que dites-vous, messire, s'écria le gouverneur pâlissant, vous m'offensez! Moi, j'en voudrais à l'honneur de monseigneur! par la mort vous en avez menti!

— Ne jetez pas votre gantelet sans savoir s'il est digne de moi de le relever; messire, je parle haut et vrai: Son Altesse le prince de Galles agit contre sa gloire en retenant Duguesclin dans ce château.

— Tu mens! tu mens! crièrent des voix irritées, en même temps que des épées remuaient aux fourreaux.

Le prince avait pâli comme les autres, tant l'attaque semblait rude et injuste.

— Qui donc, dit-il, me ferait ici faire sa volonté? Est-ce un roi, par hasard, pour parler ainsi à un fils de roi? Le connétable peut payer sa rançon et sortir. S'il ne paie pas, il reste, voilà tout... pourquoi ces plaintes hostiles?

Le chevalier inconnu ne se troubla point.

— Monseigneur, ajouta-t-il, voici ce que j'ai ouï dire sur toute ma route : on va donner la rançon du connétable ; mais les Anglais le craignent trop pour le laisser partir.

— Vrai Dieu ! on dit cela ? murmura le prince.

— Partout, monseigneur.

— Vous voyez qu'on se trompe, puisque le connétable est libre de partir... N'est-il pas vrai, connétable ?

— C'est vrai, monseigneur, répondit Bertrand, qu'une étrange, une inexprimable inquiétude agitait depuis le moment où il avait entendu la voix du chevalier inconnu.

— Or, dit le gouverneur, comme le sire connétable a disposé de la somme destinée à son rachat, il faudrait attendre qu'une somme pareille arrivât...

Le prince demeura rêveur un instant.

— Non, dit-il enfin, le connétable n'attendra pas. Je fixe sa rançon à cent livres.

Un murmure d'admiration circula dans l'assemblée.

Bertrand voulut s'écrier ; mais le chevalier inconnu se mit entre lui et le prince.

— Dieu merci ! fit-il en l'arrêtant de la main, la France peut payer deux fois pour son connétable ; Duguesclin ne doit être l'obligé de personne, voici dans ce rouleau des traites sur le Lombard Agosti de Bordeaux, il y en a pour quatre-vingt mille florins, payables à vue ; je vais moi-même faire compter la somme, qui sera ici avant deux heures.

— Et moi, interrompit le prince avec colère, je vous dis

que le connétable sortira de ce château en payant cent
livres, ou qu'il n'en sortira pas! Si messire Bertrand se
trouve offensé d'être mon ami, qu'il le dise! Je me sou-
viens pourtant qu'il me déclara un jour aussi bon chevalier que lui.

— Oh! monseigneur, s'écria le connétable en s'agenouillant devant le prince de Galles, j'accepte avec tant de
reconnaissance, que, pour payer les cent livres, je ferai
un emprunt à vos capitaines.

Chandos et les autres officiers s'empressèrent de lui
tendre leurs bourses, dans lesquelles il puisa, puis il ap-
porta les cent livres au prince, qui l'embrassa en lui disant :

— Vous êtes libre, messire Bertrand : qu'on ouvre les
portes, et qu'il ne soit plus dit que le prince de Galles craint
quelqu'un en ce monde.

Le gouverneur consterné se fit répéter cet ordre ; le malheureux avait si mal joué, qu'au lieu d'un prisonnier seul,
il perdait toute une armée avec le capitaine.

Tandis que le prince questionnait ses officiers et Laval
lui-même au sujet du mystérieux auteur de ce coup d'E-
tat, l'inconnu s'approcha de Duguesclin et lui dit à voix
basse :

—Une fausse générosité vous tenait en prison, une fausse
générosité vous en tire. — Vous voilà libre, — au revoir,
dans quinze jours sous Tolède!

Et s'inclinant profondément devant le prince de Galles,
laissant Bertrand stupéfait, il disparut.

Une heure après, les plus actives recherches ne l'eussent
pas fait découvrir dans la ville que le connétable, libre et
joyeux, traversait en triomphe avec ses Bretons, qui pous-
saient leurs acclamations jusqu'au ciel.

Une seule personne peut-être ne se joignit pas au cortége qui suivait Duguesclin dans son ovation.

C'était un des officiers du prince de Galles, un de ces chefs de Grandes compagnies qu'on appelait capitaines, et qui avaient voix au conseil, bien que leur opinion ne comptât pour rien.

C'était en un mot un personnage de notre connaissance, à la visière toujours close, qui, entré dans la chambre de Bertrand avec Chandos, avait été frappé de la voix du chevalier inconnu, et ne l'avait plus un moment perdu de vue.

Aussi, à peine le chevalier eut-il disparu, que ce capitaine rassembla quelques-uns de ses hommes, les fit monter à cheval pour découvrir la trace du fugitif, et lui-même ayant pris des informations, s'élança sur le chemin de l'Espagne.

XI.

LA POLITIQUE DE MUSARON.

Cependant Agénor, poussé par l'inextinguible anxiété de l'amant qui n'a pas de nouvelles, Agénor s'avançait à pas rapides vers les Etats de don Pedro.

En chemin, il s'était rallié, grâce à une certaine réputation que lui avait acquis son voyage en France, les Bretons, qui, après la rançon faite, venaient chercher Duguesclin et combattre avec lui.

Il rencontra aussi bon nombre de chevaliers espagnols, qui allaient au rendez-vous fixé par Henri de Transtamare, lequel, disait-on, devait rentrer en Espagne, et commençait à nouer des intelligences avec le prince de Galles, mécontent de don Pedro.

Chaque fois qu'il couchait à une ville ou à un bourg de quelqu'importance, Agénor s'informait d'Hafiz, de Gildaz, et de Maria Padilla, demandant si l'on n'avait pas vu passer un courrier cherchant un Français, ou une jeune et

5.

belle Moresque suivie de deux serviteurs et gagnant la frontière de France.

Chaque fois aussi qu'une réponse négative venait frapper son oreille, le jeune homme enfonçait avec plus d'ardeur ses éperons dans le ventre de son cheval.

Alors, Musaron disait de son ton de philosophe gourmé :

— Monsieur, voilà une jeune femme qu'il vous faudra bien aimer, car elle nous coûte bien des peines.

A force de marcher, Agénor gagna du terrain; à force de s'enquérir, il fut renseigné.

Vingt lieues encore le séparaient de la cour de Burgos.

Il savait qu'une armée très dévouée, très aguerrie, très fraîche, et par conséquent dangereuse pour don Pedro, n'attendait qu'un signal pour se rallier et opposer au vainqueur de Navarette une nouvelle tête d'hydre plus mordante, plus envenimée que jamais.

Agénor se demandait et demandait à Musaron s'il ne serait pas convenable, avant de continuer toute négociation politique, d'entamer les négociations amoureuses avec Maria de Padilla.

Musaron avouait que la diplomatie est bonne, mais il prétendait qu'en prenant don Pedro, Maria, Mothril et l'Espagne, on prendrait Burgos, dans laquelle Burgos on ne pouvait manquer de prendre Aïssa, si elle y était encore.

Cela consolait beaucoup Agénor, et il faisait quelques lieues de plus.

Voilà comment se resserra peu à peu le cercle destiné à étouffer don Pedro que la prospérité aveuglait, que les intrigues de ses favoris occupaient de futilités, alors qu'il s'agissait d'une couronne.

Musaron, le plus entêté des hommes, surtout depuis qu'il se sentait riche, ne souffrit pas que son maître s'aventurât une seule fois à pousser vers Burgos, à s'y enfermer et à conférer avec dona Maria.

Il profita au contraire de son abattement et de ses négligences amoureuses pour le retenir au milieu des Bretons et des partisans de Transtamare, en sorte que le jeune chevalier fut bientôt chef d'un parti considérable, autant par le relief de sa mission en France, que par son assiduité à nourrir l'élément de la guerre.

Il accueillait les arrivans, tenant table ouverte, correspondait avec le connétable, avec son frère Olivier, qui se préparait à faire passer la frontière à cinq mille Bretons pour secourir son frère, et l'aider à gagner sa première bataille.

Musaron devenait tacticien : il passait des jours entiers à écrire des plans de bataille et à supputer le nombre des écus que Caverley pouvait avoir amassés depuis la dernière affaire, pour avoir la satisfaction de ne se pas tromper la première fois qu'on le battrait.

C'est au milieu de ces dispositions belliqueuses qu'une importante nouvelle arriva chez Agénor : malgré la vigilance de Musaron, un émissaire adroit venait d'annoncer à Agénor le départ de don Pedro pour le château de plaisance, et la disparition d'Aïssa, de Maria, coïncidant avec le voyage du roi.

Le même courrier savait que Gildaz était mort en chemin, et que Hafiz seul avait reparu chez dona Maria.

Agénor, pour savoir tant de choses et de si bonnes, n'avait eu besoin que de donner trente écus à un homme du pays, qui s'était abouché avec la nourrice de Maria, mère du pauvre Gildaz.

Aussi, lorsque Agénor sut à quoi s'en tenir, malgré Musaron, malgré ses compagnons d'armes, malgré tout, se jeta-t-il sur le meilleur de ses chevaux, auquel il fit prendre la route de ce château que don Pedro avait choisi pour résidence.

Musaron pesta et maugréa ; mais il partit aussi pour ce château.

XII.

COMMENT LE CRIME DE MOTHRIL EUT UN HEUREUX SUCCÈS.

Au château de don Pedro, le deuil se répandit plus terrible et plus bruyant quand le jour eut éclairé l'appartement de dona Maria.

Don Pedro n'avait pu reposer ; ses serviteurs prétendaient l'avoir entendu pleurer.

Mothril avait occupé la nuit d'une façon plus avantageuse à ses intérêts. Il s'était arrangé de façon à détruire jusqu'au moindre vestige de son crime.

Demeuré seul avec Aïssa, lui prodiguant les plus tendres soins avec l'habileté du médecin le plus expert, il avait, dès le début de son entretien avec elle, façonné comme une cire molle l'esprit encore flottant de la jeune fille.

Aussi, lorsque Aïssa s'était écriée en voyant le corps de dona Maria, Mothril avait-il feint de ressentir une horreur involontaire, et il avait jeté un manteau sur les restes inanimés de la maîtresse du roi.

Puis, comme Aïssa le regardait avec épouvante :

— Pauvre enfant ! murmura Mothril, rends grâce à Dieu qui t'a sauvée.

— Sauvée, moi ? demanda la jeune fille.

— D'une mort affreuse, oui, chère enfant.

— Qui donc m'a frappée?...

— Celle dont la main tient encore ton poignard.

— Dona Maria ! elle, si bonne, si généreuse ! impossible.

Mothril sourit avec cette compassion dédaigneuse qui impose toujours aux esprits frappés de quelque grand intérêt.

— La maîtresse du roi, généreuse et bonne pour Aïssa que le roi adore !... Vous ne le croyez pas, ma fille.

— Mais, dit Aïssa, puisqu'elle voulait m'éloigner.

— Pour vous réunir, disait elle, à ce chevalier français, n'est-ce pas ? fit le More de son ton calme et toujours bienveillant.

Aïssa se dressa toute pâle de voir ainsi le secret de son amour aux mains de l'homme le plus intéressé à le combattre.

— Ne crains rien, continua le More; ce que Maria n'a pu faire, à cause de la jalousie et de l'amour du roi, je le ferai, moi. Aïssa, tu aimes, dis-tu, eh bien ! je te le permets, je t'y aiderai; pourvu que la fille de mes rois vive et vive heureuse, je ne désire plus rien sur la terre.

Aïssa, pétrifiée d'entendre ainsi parler Mothril, ne pouvait cesser de le regarder avec des yeux encore fatigués du sommeil de la mort.

— Il me trompe, se disait-elle ; puis, songeant à ce corps de dona Maria :

— Dona Maria est morte, répétait-elle avec égarement.

— En voici la cause, ma chère fille : le roi vous aime passionnément, et il l'a déclaré hier à dona Maria... celle-ci est rentrée chez elle ivre de colère et de jalousie. Don Pedro proposait de s'unir à vous par les liens du mariage, ce qui toujours avait été l'ambition de dona Maria... Alors elle a renoncé à la vie, elle a vidé sa bague dans la coupe d'argent, et pour ne pas vous laisser après elle triomphante et reine, pour se venger en même temps de don Pedro et de moi qui vous aimons tant à divers titres, elle a pris votre poignard et vous a frappée.

— Pendant mon sommeil, alors, car je ne me rappelle rien, dit Aïssa ; un nuage couvrait ma vue, j'entendais comme des battemens sourds et des râles étouffés... Je crois que je me suis levée, que j'ai senti des mains sur les miennes, et aussitôt le froid déchirant de l'acier...

— Ce fut le dernier effort de votre ennemie, elle tomba près de vous, seulement le poison avait été plus fort pour elle que le poignard pour vous... J'ai retrouvé en vous une étincelle de vie, je l'ai ranimée, j'ai eu le bonheur de vous sauver.

— Oh ! Maria, Maria ! murmura la jeune fille... tu étais bonne pourtant.

— Vous dites cela parce qu'elle a favorisé votre amour avec Agénor de Mauléon, ma fille, lui dit Mothril tout bas et avec une bienveillance trop affectée pour ne pas cacher une sourde fureur... parce qu'elle l'a fait pénétrer dans votre appartement à Soria.

— Vous savez ?...

— Je sais tout... le roi le sait aussi... Maria vous avait déshonorée près de don Pedro avant de vous assassiner. Mais elle a craint que la calomnie ne glissât sur l'âme du roi, et qu'il ne vous pardonnât d'avoir appartenu à un autre ; on est si indulgent quand on aime... aussi a-t-elle employé le fer pour vous retrancher du monde des vivans.

— Le roi sait qu'Agénor ?...

— Le roi est fou de colère et d'amour... le roi, qui avait déjà corrompu Hafiz pour vous attirer au château, lorsque moi j'ignorais tout, le roi, dis-je, attendra votre convalescence pour vous attirer de nouveau vers lui... C'est excusable, ma fille, il vous aime.

— Je mourrai cette fois, dit Aïssa, car ma main ne tremblera pas, ne glissera pas sur mon sein comme a fait celle de Maria Padilla.

— Toi, mourir ! toi, mon idole ! toi, mon enfant adorée ! s'écria le More en s'agenouillant... non, tu vivras, je te l'ai dit, heureuse et bénissant à jamais mon nom.

— Sans Agénor, je ne vivrai pas.

— Il est d'une autre religion que la vôtre, ma fille.

— Je prendrai sa religion.

— Il me hait.

— Il vous pardonnera quand il ne vous verra plus entre lui et moi. D'ailleurs, qu'importe à moi... j'aime, je ne connais au monde que l'objet de mon amour.

— Pas même celui qui vient de vous sauver pour votre amant ? dit humblement Mothril avec une douleur affectée qui toucha profondément le cœur de la jeune fille... vous me sacrifiez, même quand je m'expose à mourir pour vous !

— Comment cela ?

— Assurément. Aïssa... vous voulez vivre avec don Agé-nor... je vous y aiderai.

— Vous !

— Moi, Mothril, oui, Aïssa.

— Vous me trompez...

— Pourquoi?

— Prouvez-moi votre sincérité.

— C'est facile... Vous craignez le roi, eh bien ! je vous empêcherai de voir le roi. Cela vous satisfait-il?

— Pas entièrement.

— Je conçois... vous désirez revoir le Français.

— Avant toute chose.

— Attendons que vous soyez en état de supporter le voyage, je vous conduirai à lui, je lui remettrai ma vie.

— Mais Maria aussi me conduisait à lui...

— Certes, elle avait intérêt à se défaire de vous, et elle aurait mieux aimé s'épargner un assassinat... Devant Dieu, le jour où l'on paraît à son tribunal, l'assassinat est un fardeau pesant.

En prononçant ces terribles paroles, Mothril laissa voir un instant sur son pâle visage cette souffrance des damnés qui n'ont plus de trève ni d'espoir dans les tortures.

— Eh bien ! que ferez-vous alors? continua Aïssa.

— Je vous cacherai jusqu'à ce que vous soyez guérie... puis, comme je viens de vous le dire, je vous réunirai au seigneur de Mauléon.

— C'est tout ce que je demande ; ce faisant vous devien-drez en effet pour moi un être divin... mais le roi...

— Oh ! il s'y opposerait de toutes ses forces s'il pénétrait notre dessein... ma mort serait la meilleure ressource... moi mort, vous seriez bien à lui, Aïssa.

— Ou bien forcée de mourir.

— Aimez-vous mieux mourir que vivre pour le Français ?

— Non... oh ! non... parlez, parlez !

— Il faut, chère enfant, si par hasard don Pedro venait à
vous voir, à vous parler, à vous questionner sur Agénor
de Mauléon, il faut, dis-je, que vous souteniez hardiment
que dona Maria a menti en affirmant que vous aimiez ce
Français, et surtout que vous lui aviez donné la possession
de votre amour... De cette façon le roi ne se défiera plus
du Français, il ne surveillera plus notre conduite, il nous
fera libres et heureux...: Il faut aussi, et cela, mon enfant,
domine tout, il faut que vous rappeliez vos souvenirs et
que vous y trouviez ceci : Dona Maria vous a parlé avant
de vous frapper... elle vous a dit, sans doute, d'avouer au
roi votre déshonneur... vous, alors, vous avez refusé... et
elle a frappé...

— Je ne me rappelle rien, s'écria Aïssa, frappée de crainte
comme tout esprit droit et simple l'eût été à l'exposé de
cette théorie infernale du More, je ne veux rien me rappeler. Je ne veux pas non plus nier mon amour pour Mauléon, cet amour, c'est ma lumière et ma religion ! son
nom, c'est l'étoile qui me guide dans la vie !... Fière de lui
appartenir, je suis si loin de le cacher que je voudrais aller
le proclamer devant tous les rois de la terre ; ne comptez
pas sur moi pour ces mensonges. Si don Pedro me parle,
je répondrai.

Mothril pâlit. Ce dernier, ce faible obstacle annulait le résultat d'un meurtre ; la simple obstination d'un enfant liait
les pieds et les mains de l'homme robuste qui eût entraîné
un monde en marchant.

Il comprit qu'il ne fallait plus insister. Il avait pourtant
fait la besogne de Sysiphe. Il avait roulé le rocher jusqu'au

sommet de la montagne, mais le rocher venait de se précipiter encore.

Mothril n'avait plus ni temps ni fortune pour recommencer.

— Ma fille, dit-il, vous agirez comme il vous plaira. Votre
intérêt, interprété par vous, selon votre cœur, selon votre
caprice, est mon unique loi. Vous voulez cela... je le veux...
ne répondez donc au roi que ce que vous voudrez... je sais
bien que votre aveu fera tomber ma tête, car moi, moi j'ai
dû toujours proclamer votre innocence et votre pureté, je
n'ai jamais consenti à laisser planer un soupçon sur vous :
que ma tête paye votre faute, c'est-à-dire votre bonheur...
Allah le veut... sa volonté soit faite !

— Je ne puis pourtant mentir, dit Aïssa... pourquoi per-
mettriez-vous, d'ailleurs, que le roi vînt me parler ? Eloi-
gnez-le, c'est facile. Ne pouvez-vous me transporter dans
un endroit isolé, me cacher en un mot ?... ma santé, ma
blessure ne sont-elles pas des prétextes suffisans... En cela
je vous aide assez par ma position même... Mentir, oh !
jamais ! nier Agénor, jamais !

Mothril essaya mais en vain de cacher la joie que les paroles d'Aïssa venaient de jeter dans son âme... Partir avec
Aïssa, l'éloigner pour un temps des questions de don Pedro, laisser ainsi affaiblir la colère, la haine, les regrets...
le souvenir de Maria... gagner un mois, c'était tout gagner... Or, cette chance de salut, Aïssa l'offrait elle-même.
Mothril la saisit ardemment.

— Vous le voulez, ma fille, dit-il, nous partirons. Avez-
vous quelque répugnance pour le château de Montiel dont
le roi m'a nommé gouverneur.

— Je n'ai de répugnance que pour la présence de don
Pedro. J'irai où vous voudrez.

Mothril baisa la main et la robe d'Aïssa, l'enleva doucement entre ses bras jusqu'à la chambre voisine... Il fit dis-
paraître le corps de dona Maria, et appelant deux femmes
de sa nation dont la fidélité lui était assurée, il les plaça
près de la jeune fille blessée en leur recommandant sur
leur vie de ne pas parler à Aïssa, de ne pas souffrir qu'on
lui adressât la parole.

Toutes choses ainsi réglées, il alla trouver le roi après
s'être composé l'esprit et le visage.

Don Pedro venait de recevoir diverses lettres de la ville.
On lui annonçait que des envoyés de Bretagne et de l'Angleterre avaient paru aux environs... que des bruits de
guerre circulaient, que le prince de Galles resserrait autour
de la nouvelle capitale son cordon d'acier pour forcer, par
la pression d'une armée invincible, son protégé de Navarette
à payer les frais de la guerre et à monnayer sa reconnaissance.

Ces nouvelles attristèrent don Pedro, mais ne l'abattirent
pas. Il envoya chercher Mothril, lequel entra dans la chambre royale au moment même où se manifestait le désir du
roi.

— Aïssa? dit don Pedro avec anxiété.

— Seigneur, sa blessure est dangereuse, profonde... nous
ne sauverons pas cette victime.

— Encore ce malheur! s'écria don Pedro. Oh! ce serait
trop à la fois... Perdre dona Maria qui m'aimait tant, Aïssa
que j'aime jusqu'au délire, recommencer une guerre achar-
née, implacable, c'est trop, Mothril, trop pour le cœur d'un
seul homme.

Et don Pedro montra au ministre les avis envoyés par le
gouverneur de Burgos et des villes voisines.

— Mon roi, il faut pour un moment oublier l'amour, dit Mothril, il faut se préparer à la guerre.

— Le trésor est vide.

— Un impôt le remplira... Signez l'impôt que je vous ai demandé.

— Il le faudra bien... Puis-je voir Aïssa ?...

— Aïssa est suspendue comme une fleur sur l'abîme. Un souffle peut la jeter dans la mort.

— A-t-elle parlé ?

— Oui, seigneur.

— Qu'a-t-elle dit ?

— Quelques mots qui expliquent tout. Il paraît que dona Maria l'a voulu forcer à se déshonorer par un aveu pour la perdre dans votre estime. L'enfant courageuse a refusé, la jalouse dona Maria l'a frappée.

— Aïssa l'a dit ?

— Elle le répétera sitôt que ses forces seront revenues... mais je tremble que jamais dans ce monde on n'entende plus sa voix.

— Mon Dieu ! dit le roi.

— Un seul remède peut la sauver... Une tradition de mon pays promet la vie au blessé qui, la nuit, par les vapeurs de la lune nouvelle, effleure de sa blessure certaine herbe magique.

— Cette herbe, il faut se la procurer, dit le roi avec la fureur de la superstition et de l'amour.

— Il ne s'en trouve pas dans ce pays, seigneur... je n'en ai vu qu'à Montiel...

— A Montiel... Envoie à Montiel, Mothril.

— J'ai dit, seigneur, qu'il fallait que la blessure effleurât cette herbe encore sur sa tige... Oh ! c'est un remède sou-

verain! J'emporterai bien Aïssa jusqu'à Montiel, mais sup-
portera-t-elle le voyage?

Don Pedro répondit :

— On la portera aussi doucement que se porte l'oiseau
lui-même quand il glisse dans l'air sur l'élan de ses deux
ailes... Qu'elle parte, Mothril, qu'elle parte ! mais toi, demeure avec moi.

— C'est moi seul, seigneur, qui puis réciter la formule
magique pendant l'opération.

— Je vais donc rester seul.

— Non, seigneur, car Aïssa guérie, vous viendrez à
Montiel, et vous ne la quitterez plus.

— Oui, Mothril, oui, tu as raison... je ne la quitterai
plus... ainsi je serai heureux... Et le corps de dona Maria,
qu'en fait-on? j'espère que les plus grands honneurs lui se-
sont rendus.

— J'ai ouï dire, seigneur, dit Mothril, que dans votre religion le corps du suicidé est privé de sépulture ; il faut
donc que l'Eglise ignore le suicide de dona Maria.

— Il faut que tout le monde l'ignore, Mothril.

— Mais vos serviteurs...

— Je dirai en pleine cour que dona Maria est morte de la
fièvre, et quand j'aurai ainsi parlé personne n'élèvera la
voix...

— Aveugle, aveugle! fou! pensa Mothril.

— Ainsi, Mothril, dit don Pedro, tu partiras avec Aïssa.

— En cette journée même, seigneur.

— Moi, je donnerai mes soins aux obsèques de dona
Maria, je signerai l'édit, je ferai un appel à mon armée, à
ma noblesse... je conjurerai l'orage.

— Et moi, pensa Mothril, je me serai mis à l'abri !

XIII.

COMMENT AGÉNOR APPRIT QU'IL ÉTAIT ARRIVÉ TROP TARD.

Laissant les soldats, les officiers, les amans de la guerre se perdre en projets, en plans, en stratégies, Agénor poursuivait son but qui était de retrouver Aïssa, son bien le plus cher.

L'amour commençait à prendre le dessus, chez lui, sur l'ambition, même sur le devoir, car, impatient d'entrer en Espagne pour avoir des nouvelles d'Aïssa, le jeune homme avait souffert, comme nous l'avons vu, que les envoyés du roi de France et ceux du comte de Laval allassent à Bordeaux payer la rançon que le connétable avait fixée lui-même dans un moment d'héroïque fierté.

Aussi, comme cette page manquerait à notre histoire puisqu'elle manque dans celle d'Agénor, si nous ne la remplacions par l'histoire elle-même ; aussi, sommes-nous forcés de dire en deux mots que la Guyenne frémit de douleur le jour où le prince de Galles, généreux comme toujours, laissa s'échapper de Bordeaux son prisonnier racheté par l'or de la France entière.

Nous ajouterons que le premier soin de Bertrand fut de courir à Paris remercier le roi. Le reste, on le verra si déjà on ne le sait. Désormais nous sommes, quant au connétable, de francs et impartiaux historiens.

Donc Agénor et son fidèle Musaron s'acheminèrent à grandes journées vers le château où don Pedro avait espéré posséder Aïssa.

Agénor devinait qu'il n'y avait pas de temps à perdre. Il connaissait trop bien don Pedro et Mothril pour s'amuser à des espérances.

— Qui sait, se disait-il, si Maria Padilla elle-même, par faiblesse, par crainte, n'a point transigé avec sa dignité, si une alliance avec le More Mothril ne lui a pas paru préférable à des chances de rupture avec don Pedro, et si, jouant le rôle d'une épouse indulgente, la favorite ne ferme pas les yeux sur un caprice de son royal amant.

Ces idées faisaient bouillir le sang impétueux d'Agénor. Il ne raisonnait plus que comme un amoureux, c'est à dire qu'il déraisonnait avec toutes les apparences du bon sens.

Il distribuait, chemin faisant, de grands coups de lance qui tombaient, partie sur la mule de Musaron, partie sur l'échine du bon écuyer ; mais ce résultat était le même : secoué par le coup, Musaron secouait sa monture. On fit aussi le chemin avec des discours dont nous extrairons la substance pour récréer et instruire le lecteur.

— Vois-tu, Musaron, disait Agénor, quand j'aurai causé

une heure seulement avec dona Maria, je connaîtrai tout le présent et saurai à quoi m'en tenir sur l'avenir.

— Mais, monsieur, vous n'apprendrez rien du tout, et vous finirez par tomber aux mains de ce coquin de More, qui vous guette comme l'araignée sa mouche.

— Tu répètes toujours la même chose, Musaron; est-ce qu'un sarrasin vaut un chrétien ?

— Un sarrasin, lorsqu'il a les choses dans la tête, vaut trois chrétiens. C'est comme si vous veniez dire : une femme vaut-elle un homme? Cependant on voit tous les jours des hommes subjugués et battus par des femmes. Or, savez-vous pourquoi, monsieur? parce que les femmes pensent toujours à ce qu'elles veulent faire, tandis que les hommes ne font presque jamais ce à quoi ils devraient penser.

— Tu conclus?...

— Que dona Maria a été empêchée, par quelque intrigue du Sarrasin, de vous envoyer dona Aïssa.

— Après?

— Après... c'est que Mothril, qui a su empêcher dona Maria de vous envoyer votre maîtresse, vous attend, bien armé de cœur et de corps, qu'il vous prendra au piége comme on fait des alouettes en blé vert, qu'il vous tuera et que vous n'aurez pas Aïssa.

Agénor répondait par un cri de rage et piquait son cheval.

Il arriva ainsi au château, dont l'aspect le frappa comme d'une douleur. Les lieux sont éloquens, ils parlent un langage intelligible aux âmes d'élite.

Agénor examina, aux premiers rayons de la lune, l'édifice qui renfermait tout son amour, toute sa vie. Tandis qu'il regardait, s'accomplissait, dans ses flancs mystérieux et impénétrables, l'affreux assassinat, triomphe de Mothril.

Harassé d'avoir tant couru, d'avoir si peu appris, sûr d'ê-
tre désormais face à face avec ce qu'il cherchait, Agénor,
après de longues heures passées à regarder les murs, gagna, suivi de Musaron, un petit village situé de l'autre côté
de la montagne.

Là, nous le savons, habitaient quelques chévriers : Agénor leur demanda un gîte qu'il paya généreusement. Il
réussit à se procurer un parchemin et de l'encre ; fit écrire,
par Musaron, une lettre à dona Maria, lettre pleine de regrets affectueux, de témoignages de reconnaissance, mais
pleine aussi d'inquiétudes et de défiances, exprimées avec
toute la délicatesse d'un esprit français.

Agénor, pour être plus sûr de la réussite du message,
eût bien voulu en charger Musaron ; mais celui-ci fit ob-
server à son maître que, connu de Mothril, il courait bien
plus de dangers qu'un simple envoyé pris parmi les ber-
gers de la montagne.

Agénor se rendit à la raison et envoya un berger porter
la lettre.

Lui-même se coucha sur des peaux de brebis côte à côte
avec Musaron, et attendit.

Mais le sommeil des amoureux est comme celui des fous,
des ambitieux et des voleurs, il s'interrompt facilement.

Deux heures après s'être couché, Agénor était debout et,
sur la pente de la colline d'où l'on voyait clairement la
porte du château, bien qu'à une grande distance, il guettait le retour de son messager.

Voici ce que contenait sa lettre :

« Noble dame, si généreuse, si dévouée aux intérêts de
» deux pauvres amans, je suis revenu en Espagne comme
» le chien qui traîne sa chaîne. De vous, d'Aïssa, plus de

» nouvelles; de grâce, instruisez-moi. Je suis au village de
» Quebra, où votre réponse va venir m'apporter la mort
» ou la vie. Qu'est-il arrivé? Que dois-je espérer ou crain-
» dre? »

Le berger ne revenait pas. Tout à coup les portes du
château s'ouvrirent, Agénor sentit battre son cœur; mais
ce n'était pas le chevrier qui sortait.

Une longue file de soldats, de femmes et de courtisans,
sortant on ne sait d'où, car le roi était venu peu accompagné à cette résidence; un long cortége, en un mot, suivait
une litière qui portait un mort.

Ceci se reconnaissait aux tapisseries de deuil qui fermaient cette litière.

Agénor se dit que l'augure était sinistre.

Il achevait à peine de formuler cette pensée que les portes se refermèrent.

— Voilà de bien singuliers retards; dit-il à Musaron, lequel haussa la tête en signe de mécontentement.

— Va donc prendre des informations, ajouta Mauléon.

Et il s'assit au revers du monticule, dans les bruyères pou-
dreuses.

Un quart d'heure ne s'était pas écoulé, quand Musaron
revint, amenant un soldat qui semblait se faire prier beaucoup pour venir.

— Je vous dis, criait Musaron, que c'est mon maître qui
paiera, et qui paiera généreusement.

— Qui paiera quoi? dit Agénor.

— Seigneur, la nouvelle...

— Quelle nouvelle...

— Seigneur, ce soldat fait partie de l'escorte qui conduit
le corps à Burgos.

— Mais, pour Dieu ! quel corps?

— Ah ! seigneur, ah! mon cher maître, d'un autre que de moi vous ne l'eussiez pas cru, mais de lui, vous le croirez peut-être : le corps conduit à Burgos est celui de dona Maria de Padilla !

Agénor poussa un cri de désespoir et de doute.

— C'est vrai, dit le soldat, et je suis pressé d'aller reprendre mon rang dans l'escorte.

— Malheur ! malheur! s'écria Mauléon, mais Mothril est au château?

— Ah ! seigneur, dit le soldat, Mothril vient de partir pour Montiel.

— Partir ! lui ! avec sa litière?

— Qui renferme la jeune fille mourante, oui, seigneur.

— La jeune fille, Aïssa! mourante. Ah! Musaron, je suis mort, soupira le malheureux chevalier, en se renversant sur le terrain, comme s'il eût été mort réellement, ce qui épouvanta le bon écuyer, peu habitué à des pamoisons de la part de son maître.

— Seigneur chevalier, voilà tout ce que je sais, dit le soldat, et encore ne le sais-je que par hasard. C'est moi qui, cette nuit, ai relevé la jeune fille frappée d'un coup de poignard, et la senora Maria empoisonnée.

— Oh! nuit maudite, oh ! malheur, malheur! répéta le jeune homme à demi fou. Tenez, mon ami, prenez ces dix florins, comme si vous ne veniez pas de m'annoncer le malheur de ma vie.

— Merci, seigneur chevalier, et adieu, fit le soldat en s'éloignant d'un pas agile, par les bruyères.

Musaron, la main sur ses yeux, interrogeait l'horizon.

— Tenez, tenez, là-bas, bien loin, s'écria-t-il, mon cher seigneur, voyez-vous ces hommes, cette litière, qui traversent après la montagne la plaine. Voyez-vous à cheval, avec son manteau blanc, le Sarrasin, notre ennemi.

— Musaron, Musaron, dit le chevalier ranimé par la rage de la douleur, montons à cheval, écrasons ce misérable, et si Aïssa doit mourir, que du moins je recueille son dernier soupir.

Musaron se permit de poser la main sur l'épaule de son maître.

— Seigneur, dit-il, on ne raisonne jamais juste sur un événement trop récent. Nous sommes deux et ils sont douze. Nous sommes las et ils sont frais. D'ailleurs, ils vont à Montiel, nous le savons; nous les rejoindrons à Montiel; voyez-vous, cher seigneur, avant tout il faut connaître à fond l'histoire que le soldat n'a pu vous raconter ; il faut savoir pourquoi dona Maria est morte empoisonnée, et pourquoi dona Aïssa est blessée d'un coup de poignard.

— Tu as raison, mon fidèle ami, dit Agénor. Fais de moi ce que tu voudras.

— J'en ferai un homme triomphant et heureux, mon maître.

Agénor secoua la tête avec désespoir. Musaron savait qu'il n'y avait de remède à cette maladie que dans une grande agitation de corps et d'esprit.

Il reconduisit son maître au camp, où déjà les Bretons et les Espagnols fidèles à Transtamare se cachaient moins, et avouaient plus hautement leurs projets depuis que la vague nouvelle leur était arrivée de la libération de Duguesclin, et depuis surtout qu'ils voyaient s'accroître leurs forces de jour en jour.

XIV

LES PÈLERINS.

A quelques lieues de Tolède, dans un chemin sablon-
neux et bordé d'un bois de pins rabougris, Agénor et son
fidèle Musaron marchaient tristement au déclin du soir,
cherchant une venta dans laquelle ils pussent reposer un
moment leurs membres fatigués, et faire cuire un lièvre
que la flèche de Musaron avait frappé au gîte.

Tout à coup ils entendirent derrière eux, dans le sable,
un mouvement précipité ; c'était le galop d'une mule rapide qui portait sur ses flancs robustes un pèlerin dont la
tête était couverte par un chapeau à larges bords, et mieux
encore par l'espèce de voile adapté aux bords de ce chapeau.

Ce pèlerin donnait de l'éperon à la mule et la gouver-
nait en homme qui connaît tout l'exercice d'un parfait cavalier.

L'animal, d'une excellente race, volait plutôt qu'il ne

6.

courait sur le sable, et s'éloigna si vite de la vue même de nos voyageurs qu'ils ne purent distinguer le son de la voix qui leur disait en passant : *Baya uste des con Dios.* Allez avec Dieu.

Dix minutes ne s'étaient pas écoulées que Musaron entendit un autre bruit semblable au premier. Il se retourna et n'eut que le temps de faire ranger le cheval de son maître et le sien ; quatre cavaliers arrivaient comme des éclairs.

L'un d'eux, le plus avancé, le chef, était vêtu d'un habit de pèlerin semblable au costume du premier que les voyageurs avaient vu passer.

Seulement, sous cet habit, le prudent pèlerin cachait une armure, la visière même lui était appliquée sur le visage, et c'était un curieux spectacle, malgré la nuit, que ce visage de chevalier sous un chapeau à larges bords.

L'inconnu vint, pour ainsi dire, flairer nos voyageurs comme eût fait un limier ; mais Agénor avait prudemment rabattu la visière de son casque et porté la main à l'épée.

Musaron se tenait sur la défensive.

— Seigneur, dit en mauvais espagnol une voix creuse sortie comme du fond d'un gouffre, n'avez-vous pas vu passer un mien compagnon, pèlerin comme moi, montant une mule noire rapide comme le vent ?

Le son de cette voix frappa désagréablement Agénor comme un souvenir confus. — Mais son devoir était de répondre : il le fit courtoisement.

— Seigneur pèlerin, ou seigneur chevalier, reprit-il en espagnol aussi, la personne dont vous parlez vient de passer depuis dix minutes environ ; elle monte en effet une mulle tellement rapide que peu de chevaux au monde la pourraient suivre.

Musaron crut remarquer que la voix d'Agénor frappait le pèlerin d'une certaine surprise ; car il s'avança, et, effrontément :

— Ce renseignement, dit-il, m'est plus précieux que vous ne pensez, chevalier, il m'est d'ailleurs donné de si bonne grâce que je serais charmé de faire connaissance avec celui qui me le donne... Je vois à notre accent étranger que nous venons tous deux du Nord, c'est une raison pour que nous devenions plus intimes. Levez donc, s'il vous plaît, votre visière, que j'aie l'honneur de vous remercier à visage nu.

— Découvrez vous vous-même, seigneur chevalier, répliqua Mauléon que cette voix et cette question affectaient de plus en plus désagréablement.

Le pèlerin hésita. Il finit même par refuser d'une façon qui prouva combien sa demande était perfide et intéressée.

Et, sans ajouter un mot, il fit signe à ses compagnons, et reprit au galop la route que le premier pèlerin avait suivie.

— Voilà un impudent ! dit Musaron quand il l'eût perdu de vue.

— Et une vilaine voix, Musaron ; je l'ai entendue en de mauvais momens, ce me semble.

— Je pense comme vous, seigneur, et si nos chevaux n'étaient pas si fatigués, nous ferions bien de courir après ces drôles : il va se passer par là quelque bonne curiosité.

— Que nous importe, Musaron, répliqua Mauléon en homme que rien n'intéresse plus. Nous allons à Tolède où doivent se rassembler nos amis. Tolède est près de Montiel : voilà tout ce que je sais, tout ce que je veux savoir.

— A Tolède nous aurons des nouvelles de M. le connétable, dit Musaron.

— Probablement aussi de don Henri de Transtamare, fit Agénor. Nous recevrons des ordres, nous deviendrons des machines, des automates, seule ressource, seule consolation possible des gens qui, ayant perdu leur âme, ne savent plus ce qu'il faut dire ni ce qu'il faut faire dans la vie.

— Là ! là ! dit Musaron, il sera toujours bien temps de se désespérer... Au dernier jour la victoire, comme dit un proverbe de notre pays.

— Ou la mort... n'est-ce pas ? voilà ce que tu crains d'ajouter.

— Eh bien ! seigneur, on ne meurt qu'une fois.

— Crois-tu que j'aie peur ?

— Oh ! monseigneur, vous n'avez pas assez peur ; c'est ce qui me fâche.

En devisant ainsi ils atteignirent la venta désirée.

C'était une maison isolée, comme sont en Espagne ces abris, ces refuges providentiels que trouvent les voyageurs contre le soleil du jour, contre le froid de la nuit, limites désirées ardemment et souvent infranchissables comme l'oasis du désert, parce qu'il faudrait mourir de faim, de soif et de fatigue avant d'en rencontrer une autre.

Quand Agénor et Musaron eurent mis leurs chevaux à l'écurie, ou plutôt quand le digne écuyer eut pris ce soin tout seul, Agénor aperçut, dans la salle basse de la venta, devant un feu clair et au milieu de muletiers endormis du plus profond sommeil, les deux pèlerins qui, au lieu de se parler, se tournaient réciproquement le dos.

— Ah ! je croyais qu'ils étaient compagnons, se dit Agénor surpris.

Le pèlerin au voile se renfonça plus profondément dans son ombre lorsque les deux voyageurs nouveaux entrèrent.

Quant au pélerin à la visière, il semblait guetter, avec une curiosité indicible, le moment où s'ouvrirait un coin du voile de son prétendu compagnon.

Ce moment n'arriva pas. Muet, immobile, visiblement contrarié, le mystérieux personnage finit, pour ne pas répondre à son importun solliciteur, par feindre un profond sommeil.

Peu à peu les muletiers allèrent regagner la cour et se coucher sous leurs mules, dans leurs mantes ; il ne resta auprès du feu que Mauléon, qui venait de souper avec son écuyer, et les deux pèlerins, toujours occupés, l'un à surveiller, l'autre à dormir.

L'homme à la visière entama la conversation avec Agénor par quelques excuses banales sur la façon dont il l'avait quitté sur la route.

Puis il lui demanda s'il n'allait pas bientôt se retirer dans sa chambre, où sans doute il dormirait mieux que sur cette escabelle.

Agénor, toujours masqué, allait persister à demeurer, ne fût-ce que pour contrarier l'inconnu, lorsque l'idée lui vint qu'en restant il ne saurait rien. Évidemment pour lui l'autre pèlerin ne dormait pas. Il allait donc se passer quelque chose entre les deux hommes qui, chacun, désiraient rester seuls.

Agénor vivait dans un temps et dans un pays où la curiosité sauve souvent la vie des curieux.

Il feignit à son tour de se retirer dans une chambre que l'hôte lui avait désignée, mais il s'arrêta derrière la porte qui, solide et massive, était cependant assez mal jointe pour laisser pénétrer les regards jusqu'au foyer.

Il eut raison, car un spectacle digne d'attention lui était réservé.

Quand le pèlerin à la visière se vit tout seul avec l'autre, qu'il croyait endormi, il se leva et fit quelques pas dans la salle pour expérimenter l'intensité de ce sommeil.

Le pèlerin endormi ne bougea pas.

L'homme à la visière s'approcha alors sur la pointe du pied, et allongea la main pour soulever le voile qui lui cachait les traits du pèlerin.

Mais avant qu'il n'eût touché à ce voile, le pèlerin était debout, et d'une voix courroucée :

— Que demandez-vous, dit-il, et pourquoi troublez-vous mon sommeil ?

— Qui n'est pas très profond, seigneur pèlerin voilé, dit l'autre d'une voix railleuse.

— Mais qui doit être respecté, messire le curieux au visage de fer.

— Vous avez de bons motifs sans doute pour qu'on ne sache pas si le votre est de fer ou de chair, seigneur pèlerin.

— Mes motifs ne regardent personne, et si je me voile c'est que je ne veux pas être vu : cela est clair.

— Seigneur, je suis très curieux et je vous verrai, dit en raillant l'homme à la visière.

Le pèlerin souleva aussitôt sa robe, et tirant un long poignard :

— Vous verrez ceci d'abord, répliqua-t-il.

Alors l'homme à la visière réfléchit un moment, puis il alla pousser les lourds verroux de la porte derrière laquelle écoutait et voyait Agénor.

En même temps il ouvrait une fenêtre donnant sur la route, et introduisait par là ses quatre hommes tout armés, tout bardés de fer.

— Vous voyez, dit-il alors au pèlerin, que la défense

serait inutile et même impossible, seigneur. Veuillez donc simplement, et pour épargner une vie que je crois très précieuse, me répondre sur la question suivante :

Le pèlerin, son poignard à la main, tremblait de rage et d'inquiétude.

— Etes-vous, n'êtes-vous pas, dit l'agresseur, don Henri de Transtamare?

Le pèlerin tressaillit.

— A une question pareille, faite dans cette forme, et avec de tels préliminaires, répliqua-t-il, on ne doit pas répondre, si l'on est celui que vous dites, sans s'attendre à la mort. Je vais donc défendre ma vie, car je suis réellement le prince dont vous avez prononcé le nom.

Et par un mouvement majestueux il découvrit son noble visage.

— Le prince! cria Mauléon derrière la porte qu'il voulait briser.

— Lui! cria l'homme à la visière avec une joie farouche, j'en étais bien sûr; compagnons, nous l'avons assez long-temps suivi. Depuis Bordeaux, c'est loin! Oh! rengaînez votre poignard, mon prince, il ne s'agit pas de vous tuer, mais de vous mettre à rançon. Corps des saints! nous serons accommodans; rengaînez! rengaînez!

Agénor frappait à coups redoublés sur la porte pour la faire voler en éclats; mais le chêne résistait.

— Passez du côté de cette porte pour contenir celui qui frappe, dit l'homme à la visière à ses gens, et laissez-moi persuader le prince.

— Brigand! fit Henri avec mépris, tu veux me livrer à mon frère!

— S'il me paie plus cher que vous, oui

— Je disais bien qu'il vaut mieux mourir ici, s'écria le prince. Au secours ! au secours !

— Ah ! seigneur, répliqua le bandit, nous allons être forcés de vous tuer ; votre tête se paiera peut-être moins cher que votre personne vivante et entière, mais enfin il faudra s'en contenter, nous porterons votre tête à don Pedro.

— C'est ce que nous verrons, s'écria Agénor qui par un effort suprême venait d'enfoncer la porte et tombait à coups redoublés sur les quatre hommes du brigand.

— Il va résulter de là que nous allons le tuer, dit ce dernier en tirant l'épée pour attaquer Henri. Vous avez là, seigneur, un bien maladroit ami ; commandez-lui donc de rester tranquille.

Mais le bandit n'avait n'avait pas achevé que du dehors entra un troisième pèlerin qu'on n'attendait certes pas.

Le survenant ne portait ni masque ni voile. Il se croyait assez vêtu, assez couvert par l'habit de pèlerin. Ses larges épaules, ses bras énormes, sa tête carrée et intelligente annonçaient un vigoureux et intrépide champion.

Il apparut sur le seuil de la porte, et contempla, étonné. sans colère ni peur, ce bouleversement de la salle de l'hôtellerie.

— On se bat ici ! dit-il. Holà ! chrétiens, qui est-ce qui a raison ou qui a tort ?

Et sa voix mâle et impérieuse domina le tumulte comme celle du lion domine la tempête dans les gorges de l'Atlas.

Ce fut une singulière attitude que celle des combattans à la simple audition de cette voix.

Le prince poussa un cri de joie et de surprise ; l'homme à la visière recula d'épouvante. Musaron s'écria :

— Sur ma vie ! c'est monsieur le connétable.

— Connétable, connétable, dit le prince, à moi! on veut m'assassiner.

— Vous, mon prince, rugit Duguesclin en déchirant sa robe pour avoir les mouvemens plus libres, et qui cela, je vous prie?

— Amis, dit le brigand à ses acolytes, il faut tuer ces hommes ou mourir ici. Nous sommes armés, ils ne le sont pas, le diable nous les livre; au lieu de cent mille florins, c'est deux cent mille qui nous attendent! en avant!

Le connétable, avec un sang-froid incomparable, étendit le bras avant que le brigand n'eût achevé sa phrase, il le saisit à la gorge aussi facilement qu'il eût fait d'un mouton, et le renversant sous ses pieds, il le broya sur la dalle. Puis, lui arrachant son épée :

— Me voici armé, dit-il, trois contre trois, allez mes gentilshommes de nuit.

— Nous sommes perdus, murmurèrent les compagnons du bandit en fuyant par la fenêtre encore ouverte.

Cependant, Agénor s'était précipité, il dénouait la visière du brigand abattu, et s'écriait :

— Caverley! je l'avais deviné.

— C'est une bête venimeuse qu'il faut écraser ici, dit le connétable.

— Je m'en charge, dit Musaron, prêt à l'égorger avec son couteau de ceinture.

— Pitié! murmura le voleur, pitié! n'abusez pas de la victoire.

— Oui, dit le prince en embrassant Duguesclin, avec un grand transport de joie; oui, pitié. Nous avons trop d'actions de grâce à rendre à Dieu qui nous réunit, pour nous occuper de ce misérable; qu'il vive, et s'aille faire pendre ailleurs.

Caverley, dans l'effusion de sa reconnaissance, baisa les pieds du généreux prince.

— Qu'il s'enfuie donc, dit Duguesclin.

— Pars, bandit, grommela Musaron en lui ouvrant la porte.

Caverley ne se le fit pas répéter; il courut si légèrement, que les chevaux ne l'eussent pas rattrapé, au cas où le prince eût changé d'avis.

Après s'être félicités mutuellement, le prince, le connétable et Agénor, s'entretinrent des événemens de la guerre prochaine.

— Vous voyez, dit le connétable, que je suis exact aux rendez-vous, j'allais à Tolède comme vous me l'avez prescrit à Bordeaux. Vous comptez donc sur Tolède?

— J'ai beaucoup d'espoir, dit le prince, si Tolède m'ouvre ses portes.

— Mais cela n'est pas certain, répondit le connétable. Depuis que je voyage sous cet habit, c'est-à-dire depuis quatre jours, j'en sais plus que je n'en avais appris depuis deux ans. Ces Tolédans tiennent pour don Pedro.

Ce sera un siége à faire.

— Cher connétable, vous exposer pour moi à tant de dangers!

— Cher sire, je n'ai qu'une parole. J'ai promis que vous régneriez en Castille, cela sera ou j'y mourrai; et puis, j'ai une revanche à prendre. Aussi, à peine par votre présence d'esprit m'avez-vous fait libre à Bordeaux, qu'en dix jours j'ai vu le roi Charles, et regagné la frontière. Il y en a huit que je cours l'Espagne sur vos traces; car, Olivier mon frère, et Le Bègue de Vilaine, avaient reçu l'avis que vous veniez de traverser Burgos, allant vers Tolède.

— C'est vrai, j'y suis passé ; j'attends sous Tolède les

grands officiers de mon armée, je ne me suis déguisé qu'à Burgos.

— Eux aussi, monseigneur, et ils m'en ont donné l'idée. Les chefs, de cette façon, passent inaperçus pour préparer les logemens des soldats. L'habit de pèlerin est à la mode, chacun veut faire aujourd'hui un pèlerinage en Espagne. Si bien que ce coquin de Caverley avait pris l'habit comme nous. Or, nous voilà réunis. Vous allez choisir une résidence et appeler à vous tous les Espagnols de votre parti ; moi, tous les chevaliers et soldats de tous pays : ne perdons pas de temps. Don Pedro flotte encore : il vient de perdre son meilleur conseil, dona Maria, la seule créature qui l'aimât en ce monde. Profitons de sa stupeur, livrons-lui bataille avant qu'il n'ait eu le temps de se reconnaître.

— Dona Maria est morte! dit Henri, en est-on sûr?

— J'en suis sûr, moi, répliqua tristement Agénor ; j'ai vu passer son corps.

— Et don Pedro, que fait-il?

— On l'ignore. Il a fait enterrer à Burgos la pauvre femme, sa victime, puis il a disparu...

— Disparu! est-ce possible? mais, vous dites que dona Maria est sa victime, racontez-moi cela, connétable, je n'ai osé parlé à âme qui vive depuis huit jours.

— Voici ce qui est arrivé, dit le connétable, mes espions me l'ont appris : Don Pedro aimait une Moresque, fille de ce Mothril maudit... Dona Maria s'en est doutée; elle a même découvert une intelligence entre le roi et la Moresque : outrée de fureur, elle s'est empoisonnée après avoir percé le cœur de sa rivale.

— Oh! s'écria Agénor! oh! cela n'est pas possible, seigneurs... Cela serait un crime si odieux, une trahison si noire, que le soleil en eût reculé d'horreur.

Le roi et le connétable regardèrent avec étonnement le jeune homme qui s'exprimait ainsi... Mais ils ne purent tirer de lui aucun éclaircissement.

— Pardonnez-moi, messeigneurs, dit humblement Agénor, j'ai un secret de jeune homme, un doux et amer secret que dona Maria emporte à moitié dans la tombe, et dont je veux garder religieusement l'autre moitié.

— Amoureux ! pauvre enfant ! dit le connétable.

Agénor ne répliqua rien, sinon :

— Je suis aux ordres de Vos Seigneuries, et prêt à mourir pour leur service.

— Je sais, dit Henri, que tu es un homme dévoué, un loyal, un ingénieux, un infatigable serviteur ; aussi, compte sur ma reconnaissance ; mais dis-nous, tu sais quelque chose touchant les amours de don Pedro ?

— Je sais tout, seigneur, et si vous me commandez de parler...

— Où peut être don Pedro en ce moment, voilà tout ce que nous voudrions savoir.

— Messeigneurs, dit Agénor, veuillez m'accorder huit jours, et je vous répondrai par une certitude.

— Huit jours ? dit le roi ; qu'en pensez-vous, connétable ?

— Je dis, sire, répliqua Bertrand, que les huit jours nous sont nécessaires pour organiser notre armée, et attendre les renforts et l'argent de France. Nous ne risquons absolument rien...

— D'autant mieux, seigneur, ajouta Mauléon, que si mon projet réussit, vous aurez en votre pouvoir la véritable cause, le véritable brandon de la guerre, don Pedro ,que je vous livrerai avec bien de la joie.

— Il a raison, dit le roi, avec la prise de l'un de nous finit la guerre d'Espagne.

— Oh ! non pas, sire, s'écria le connétable ; je vous jure bien que si vous étiez fait prisonnier, ce qui, Dieu aidant, n'arrivera pas, je poursuivrais, dût-on vous mettre en pièces, la punition de ce mécréant don Pedro qui veut tuer ses prisonniers de sang-froid, et qui s'allie avec les infidèles.

— C'est mon avis, Bertrand, répartit le prince ; ne vous occupez pas de moi : si j'étais pris et tué, recouvrez mon corps par victoire, et placez-le tout inanimé sur le trône de Castille : pourvu que le bâtard, le traître, l'assassin soit gisant aux pieds de ce trône, je me déclare heureux et triomphant.

— Sire, c'est dit, ajouta le connétable. Maintenant donnons la liberté à ce jeune homme.

— Et un rendez-vous, dit Mauléon, devant Tolède que nous investirons?

— Dans huit jours.

— Dans huit jours.

Henri embrassa tendrement le jeune homme tout confus d'un pareil honneur.

— Laissez faire, dit le roi, je veux vous montrer qu'ayant partagé dans la mauvaise fortune, vous serez autorisé à partager aussi dans la bonne.

— Et moi, ajouta le connétable, moi qui lui dois une partie de la liberté dont je jouis, je lui promets de l'aider de toutes mes forces le jour où il réclamera mon assistance, — pour quoi que ce soit, en quelque lieu que ce soit, contre qui que ce soit.

— Oh ! seigneurs, seigneurs, s'écria Mauléon, vous me comblez de joie et d'orgueil. Deux puissans princes me traitent ainsi... mais vous représentez pour moi Dieu lui-même sur cette terre, vous m'ouvrez le ciel.

— Tu en es digne, Mauléon, dit le connétable, — as-tu besoin d'argent?

— Non, seigneur, non.

— Le plan que tu médites te coûtera cependant des démarches ; qui sait, des largesses...

— Seigneurs, répondit Mauléon. rappelez-vous que j'ai pris un jour la cassette de ce brigand de Caverley, elle contenait la fortune d'un roi, c'était trop, je l'ai perdue sans regret. — Depuis, en France, j'ai reçu du roi cent livres qui font un trésor tout aussi grand, puisqu'il me suffit...

— Que c'est bien parlé ! murmura Musaron les larmes aux yeux dans son coin.

Le roi l'entendit.

— C'est ton écuyer? dit-il.

— Un fidèle, un brave serviteur, répliqua Mauléon, qui me rend la vie supportable après m'avoir plus d'une fois sauvé la vie.

— Il sera aussi récompensé. Tiens, écuyer, dit le roi, en détachant de sa robe une des coquilles brodées sur l'étoffe, prends ceci, et le jour où tu manqueras de quelque chose, toi ou les tiens, à telle génération que ce soit, cette coquille rapportée en mes mains ou en celles d'un de mes descendans vaudra une fortune ; va, bon écuyer, va.

Musaron s'agenouilla, le cœur gonflé, comme s'il allait crever sa poitrine.

— Maintenant, sire, dit le connétable, profitons de la nuit pour gagner le lieu où vos officiers vous attendent : Nous avons eu tort de laisser partir ce Caverley; il est capable de revenir sur nous avec des forces triples, et de nous prendre une bonne fois, ne fût-ce que pour nous prouver qu'il a de l'esprit.

— A cheval, alors, dit le roi.

Ils s'armèrent, et se fiant à leur courage et à leurs for- ces, ils gagnèrent un bois où il devenait difficile de les atta- quer, impossible de les suivre.

Alors Agénor mit pied à terre et prit congé de ses deux puissans protecteurs, qui lui souhaitèrent bonne chance et bon voyage.

Musaron attendait les ordres pour diriger les chevaux vers un des quatre points cardinaux.

— Où allons-nous? dit-il.

— A Montiel... Ma haine me dit que tôt ou tard nous trouverons là don Pedro.

— Au fait, dit Musaron, la jalousie est bonne à quelque chose, elle fait voir plus de choses qu'il n'y en a. — Allons à Montiel.

XV.

LA CAVERNE DE MONTIEL.

Et ils partirent rapidement. Agénor atteignit en deux jours le but de sa mission et de son amour.

Il arriva devant Montiel assisté de Musaron, avec tant de précautions que nul ne put se flatter de les avoir vus dans le pays.

Seulement, à force de prendre toutes les précautions, ils s'étaient retiré l'avantage des informations. — Qui ne parle pas ne peut pas apprendre.

Quand Musaron vit Montiel assis comme un géant de granit sur une base de roches, et portant sa tête jusqu'au ciel, tandis que ses pieds semblaient se baigner dans le Tage, quand il eut considéré à la clarté de la lune les spirales d'un chemin hérissé de broussailles, ces rampes taillées à angles aigus, de telle sorte qu'en montant nul ne pouvait voir à plus de vingt pas, tandis que du haut la moindre sentinelle pouvait tout voir monter, Musaron dit à son maître :

— C'est le vrai nid du vautour, mon cher maître, et si la colombe y est renfermée, nous ne pourrons jamais l'y prendre.

En effet, Montiel était imprenable autrement que par famine, et deux hommes ne sont pas capables d'investir une place forte.

— Ce qu'il importe de savoir, dit Agénor, c'est si Mothril habite ce repaire avec Aïssa, c'est l'état d'Aïssa au milieu de nos ennemis, c'est en un mot la conduite de don Pedro en toute cette affaire.

— Nous le saurons avec de la patience, répliqua Musaron; seulement nous n'avons plus que quatre jours pour avoir de la patience, réfléchissez à cela, seigneur.

— J'attendrai jusqu'à ce que j'aie vu Aïssa ou quelqu'un qui me parle d'elle.

— C'est une chasse à faire : mais, songez-y bien, mon maître, pendant que nous chasserons dans ce château, un Mothril, un Hafiz quelconque nous décochera de haut en bas uu vireton ou un carrelet qui nous clouera comme des crapauds sur la pierre. La position est bien choisie, allez...

— C'est vrai.

— Il faut donc user de moyens plus ingénieux que les moyens ordinaires. Quant à croire si doña Aïssa est dans ce repaire, j'y crois; je douterais même, connaissan, Mothril, qu'il ne l'eût pas enfermée là. Quant à savoir si don Pedro y est, je pense qu'en attendant deux jours nous le saurons.

— Pourquoi?

— Parce que le château est petit, renferme peu de vivres ne doit pas tenir garnison, et que pour renouveler les pro-

8.

visions nécessaires à un si grand roi, on doit sortir souvent.

— Mais où se loger ?

— Nous n'irons pas loin. Je vois d'ici notre affaire...

— Cette caverne ?

— Est une crevasse dans le roc ; une source en jaillit ; c'est humide, mais c'est retiré. Nul n'y vient, sinon pour boire ou chercher de l'eau. Nous serons cachés là-dedans, et nous happerons le premier qui viendra, pour le faire parler avec promesses ou menaces. En attendant, nous serons au frais.

— Tu es un brave et judicieux compagnon, mon Musaron.

— Oh ! croyez-moi, le roi don Pedro n'a pas beaucoup de conseillers de ma force. Acceptez-vous la caverne?

— Tu oublies deux choses : notre nourriture que nous ne trouverons pas dans cette crevasse, et nos chevaux qui n'y entreront pas.

— C'est vrai... on ne pense pas à tout. J'ai trouvé le commencement, trouvez la fin.

— Nous tuerons nos chevaux et nous les précipiterons dans le Tage qui coule en bas.

— Oui, mais que mangerons-nous?

— Nous laisserons sortir celui qui ira aux provisions, et quand il rentrera, nous l'attaquerons et nous mangerons.

— Admirable, fit Musaron. Seulement, ceux du château, ne voyant pas revenir leur pourvoyeur, prendront de la défiance.

— Qu'importe, si nous avons les renseignemens qu'il nous faut.

Il fut décidé que les deux plans seraient suivis. Toutefois, au moment d'assommer le cheval avec sa masse d'armes, Agénor sentit son cœur faillir.

— Pauvre bête, dit-il, qui m'a si bien servi!

— Et qui, ajouta Musaron, pourrait encore mieux nous
servir au cas où vous enlèveriez d'ici doña Aïssa.

— Tu parles comme le destin. Je ne tuerai pas mon pauvre cheval, va, Musaron; débride-le, cache le harnais et
l'équipement dans la grotte. L'animal pourra errer sans
être connu, il se nourrira bien lui-même, plus industrieux
en cela qu'un homme. Si on le voit, ce qui pourrait lui
arriver de pire, et à nous aussi, c'est qu'on le prenne au
château. Or, nous serons toujours à même de le défendre,
n'est-ce pas?

— Oui, monsieur.

Musaron délia le cheval, enleva les harnais, et les cacha
au fond de la crevasse, dont le sol était d'une glaise solide,
sur laquelle, pour plus de salubrité, le bon écuyer entassa
du sable pris dans son manteau aux rives du Tage, et des
bruyères coupées.

La fin de la nuit se passa dans ces travaux. Le jour sur-
prit nos deux aventuriers au fond de leur solitaire asile.

Un phénomène singulier frappa leurs oreilles.

Par cette sorte d'escalier en spirale qui, du pied de la
colline montait au sommet du château, l'on entendait les
voix des gens qui se promenaient sur la plate-forme.

La voix, au lieu de monter simplement comme il arrive,
se répercutait en tournant le long des parois de cet entonnoir, puis elle jaillissait de nouveau comme un bâton du
cœur d'un tourbillon d'eau.

Il en résultait que, du fond de l'antre, Agénor entendait
parler à plus de trois cents pieds au-dessus de sa tête.

La première fortification était située au-dessus de la citerne; jusque-là chacun arrivait librement, mais le pays était tellement désert et dévasté que, hormis les gens du château, nul ne se hasardait dans ce dédale.

Agénor et Musaron passèrent tristement leur première demi-journée. Ils burent de l'eau, car ils avaient grand soif, mais ils ne purent rien manger, bien qu'ils eussent grand faim.

Vers la fin du jour, deux Mores descendirent du château. Ils emmenaient un âne pour porter les provisions qu'ils comptaient faire au bourg voisin distant d'une lieue.

En même temps, quatre esclaves vinrent du bourg, avec des jarres qu'ils voulaient emplir à la fontaine.

La conversation s'engagea entre les deux Mores du château et les esclaves. Mais le dialecte était si barbare, que nos deux aventuriers n'en saisirent pas un seul mot.

Les Mores partirent pour le bourg avec les esclaves, et rentrèrent deux heures après.

La faim est une mauvaise conseillère. Musaron voulait tuer impitoyablement ces pauvres diables et les jeter au fleuve, puis profiter des provisions.

— Ce serait un lâche assassinat qui nuirait près de Dieu à la réussite de notre plan, dit Agénor; encore un stratagème, Musaron : vois comme le chemin est étroit, comme la nuit est noire. L'âne avec ses paniers aura bien de la peine à marcher dans le sentier le long du roc. Nous n'avons qu'à le pousser lorsqu'il passera, il roulera au bas de la colline. Alors, pendant la nuit, nous ramasserons ce qui restera de provisions sur le terrain.

— C'est vrai, et d'un charitable chrétien, monsieur, répliqua Musaron; mais j'avais tellement faim que je n'étais plus pitoyable.

Ce qui fut dit s'exécuta. Les quatre mains des deux aventuriers donnèrent une si rude secousse au petit âne quand il passa frôlant la roche, qu'il perdit pied et tomba sur la pente roide.

Les Mores poussèrent des cris de colère et battirent le pauvre animal, mais si bien qu'ils eussent réparé le dommage, ils ne purent remplir les paniers vidés. Ils retournèrent donc tout désolés, l'un au bourg avec l'âne meurtri, l'autre au château avec ses lamentations.

Cependant nos deux affamés se lancèrent bravement dans les ronces et les roches, ramassant le pain, les raisins secs et les outres.

Ils eurent d'un seul coup des provisions pour huit jours.

Avec un si copieux repas, ils reprirent espérance et courage.

Et, convenons-en, ils en avaient besoin.

En effet, pendant deux autres mortels jours, nos vigilantes sentinelles n'aperçurent rien, n'entendirent rien, que la voix d'Hafiz qui errait sur la plate-forme en déplorant sa servitude, la voix de Mothril qui donnait des ordres, et les exercices des soldats. Rien n'annonçait que le roi dût être à Montiel.

Musaron eut le courage de sortir la nuit pour aller s'informer dans le bourg voisin, nul ne put lui répondre.

Agénor questionna de son côté, ils n'obtint pas un seul renseignement.

Lorsqu'on commence à désespérer, le temps paraît doubler de promptitude.

a position de nos deux espions était critique : le jour, ils n'osaient se montrer, la nuit, ils craignaient de sortir, parce que, pendant leur absence, quelqu'un pouvait entrer, et que ce quelqu'un pouvait être le roi.

Mais quand deux jours et demi se furent écoulés, Agénor le premier perdit courage.

La nuit de ce deuxième jour, Mauléon revenait du bourg où il avait vidé sa bourse sans rien savoir.

Il trouva Musaron désespéré dans sa caverne et s'arrachant à poignées les cheveux qu'il avait rares.

En questionnant l'honnête serviteur, il sut de lui qu'ennuyé de rester seul dans la grotte, il s'était endormi ; que pendant son sommeil quelque chose comme un cavalier était monté au château sans que Musaron eût pu voir. Il n'avait entendu que les fers du cheval ou de la mule.

— Faut-il avoir du malheur ! s'écria l'écuyer.

— Ne te désole pas, ce ne peut être le roi. Les gens du bourg le savent à Tolède, d'ailleurs il ne marcherait pas seul, et le bruit de sa suite t'eût réveillé. Non, ce n'est pas le roi, il ne viendra pas à Montiel. Au lieu de perdre ici notre temps, allons tout droit à Tolède.

— Vous avez raison, mon maître, nous n'avons ici d'autre bonne chance à espérer que d'entendre la voix de dona Aïssa. C'est très gracieux, mais le chant de l'oiseau n'est pas l'oiseau, comme on dit en Béarn.

— Exécutons vite. Musaron, ramasse les harnais des chevaux, partons d'ici, et en route.

— Je ne serai pas long en besogne, sire chevalier ; vous ne sauriez croire combien je m'ennuyais dans cette caverne.

— Viens, dit Agénor.

Au même instant, et comme il se levait :

— Chut ! lui dit Musaron.

— Qu'y a-t-il ?

— Silence, vous dis-je, j'entends marcher.

Agénor rentra dans la grotte, et Musaron était si inquiet qu'il osa tirer son maître par le poignet.

On distinguait effectivement des pas précipités dans le chemin qui mène au château.

La nuit était obscure, les deux Français se cachèrent au fond de la caverne.

Bientôt trois hommes apparurent à leurs yeux ; ils marchaient avec précaution et se courbaient sous un mandronios pour n'être pas vus de la citadelle.

Arrivés à trois pas de la source, ils s'arrêtèrent.

Ils portaient des costumes de paysan, mais tous trois avaient la hache et le couteau.

— Certainement, dit l'un d'eux, il a suivi ce chemin, voici les fers de son cheval sur le sable.

— Donc, nous l'avons manqué, reprit un autre avec un soupir. Par le diable ! nous avons du malheur depuis quelque temps.

— Vous chassez trop gros gibier, ajouta le premier.

— Lesby, tu raisonnes comme un butor, le capitaine te le dira.

— Mais...

— Tais-toi... un gros gibier tué nourrit son chasseur quinze jours. Dix alouettes ou un lièvre font à peine un maigre repas.

— Oui, mais on attrape le lièvre, l'alouette, rarement le cerf ou le sanglier.

— Le fait est que nous l'avons manqué beau l'autre jour, n'est-ce pas, capitaine ?

Celui qu'on désignait ainsi poussa un gros soupir. Ce fut sa seule réponse.

— Et puis, continua l'opiniâtre Lesby, pourquoi changer

à chaque instant de piste et de proie, — on s'attache à un et on le prend.

— L'as-tu pris à la venta, l'autre nuit, celui que nous suivions depuis Bordeaux?

— Hein? fit Musaron à l'oreille de son maître.

— Chut! répliqua Mauléon l'oreille à terre.

L'homme que ses compagnons avaient nommé capitaine se redressa alors, et d'une voix impérieuse :

— Taisez-vous tous deux, dit-il ; ne commentez pas mes ordres. Que vous ai-je promis? Dix mille florins à chacun. Pourvu que vous les ayez, que demandez-vous?

— Rien, capitaine, rien.

— Henri de Transtamare vaut cent mille florins pour don Pedro : don Pedro en vaut autant pour Henri de Transtamare. J'ai cru pouvoir prendre l'un, je me suis trompé ; — j'ai failli laisser ma peau dans l'antre du lion, vous en avez été témoin ; eh bien! comme le lion m'a sauvé la vie, je lui dois par reconnaissance de prendre son ennemi. — Je le prendrai. Je ne le donnerai pas pour rien, c'est vrai à Henri de Transtamare ; mais je le vendrai : c'est tout un, pourvu qu'il l'ait. De telle façon, nous serons tous contens.

Un grognement de satisfaction fut la réponse des deux acolytes de cet homme.

— Mais, Dieu me pardonne! c'est ce Caverley que je tiens là au bout de ma main, dit Musaron à l'oreille de son maître.

— Silence, répéta Mauléon.

Caverley, c'était bien lui, acheva ainsi sa profession de foi :

— Don Pedro a quitté Tolède, il est dans ce château. Il est très brave, et par mesure de prudence il a fait la

route tout seul. En effet, un homme seul n'est jamais remarqué.

— Non, dit Lesby, mais il est pris.

— Ah ! dame, on ne prévoit pas tout, répliqua Caverley.
Maintenant, terminons notre plan : Toi, Lesby, tu vas rejoindre Philips, qui tient les chevaux ; toi, Becker, tu reste-
ras ici avec moi. Le roi ne sortira pas du château plus tard
que demain, parce qu'il est attendu à Tolède, nous le savons.

— Après? dit Becker.

— Quand il passera nous le guetterons. Il faut se défier
d'une chose.

— Laquelle?

— C'est qu'il n'ait donné ordre à des cavaliers Tolédans
de venir au devant de lui ; nous devons donc faire ici
même nos affaires. Voyons, Lesby, toi qui es un fin chasseur de renards, trouve-nous un bon terrier dans ces roches, nous nous y cacherons.

— Capitaine, j'entends de l'eau par ici, c'est quelque
source ; ordinairement les sources se creusent un lit dans
le rocher, vous devez trouver une grotte de ce côté

— Ah ! ça, mais nous sommes perdus ! ils vont entrer ici,
dit Musaron à qui Agénor appliqua sa main comme un
bâillon sur les lèvres.

— Tenez, s'écria Lesby, la grotte est là,

— Très bien, dit Caverley. Quitte-nous, Lesby ; va rejoindre Philips, et que les chevaux soient près d'ici au
point du jour.

Lesby s'éloigna. Caverley et Becker restèrent seuls.

— Vois, ce que c'est que l'esprit, dit le bandit à son
compagnon ; j'ai l'air d'un pirate de terre, et je suis le seul
politique qui comprenne la situation. Deux hommes se dis-

putent un trône ; qu'on en supprime un, la guerre est finie : donc, en faisant ce que je fais, j'agis en chrétien, en
philosophe ; j'épargne le sang des hommes. Je suis vertueux, Becker, je suis vertueux !

Et le bandit se mit à rire en essayant d'étouffer sa voix.

— Voyons, dit-il enfin, entrons dans ce trou. A l'affût,
Becker ! à l'affût !

XVI.

COMMENT CAVERLET PERDIT SA BOURSE ET AGÉNOR SON ÉPÉE.

La disposition de la grotte était celle-ci :

D'abord la source, cristal liquide tombant d'une voûte
de pierre sur les cailloux, au milieu desquels elle s'était
creusé un lit.

Puis, dans l'enfoncement une grotte sinueuse, à laquelle
on arrivait par deux degrés naturels.

Cette caverne était noire pendant le jour, il fallait tenir
du renard pour l'avoir devinée la nuit.

Caverley évita la chûte perpendiculaire de la source, et gravit en tâtonnant les degrés naturels.

Becker, plus ingénieux ou plus ami du comfortable, s'avança vers le fond pour trouver plus d'abri et de chaleur.

Agénor et Musaron les entendaient, les sentaient, les voyaient presque.

Becker finit par se placer, et il engagea Caverley à l'imiter, en lui disant :

— Venez, capitaine, il y a place pour deux.

Caverley se laissa persuader et entra.

Mais comme il ne marchait pas sans difficulté, il répéta d'un ton de mauvaise humeur :

— Place pour deux, c'est bien aisé à dire.

Et il allongea les mains pour ne pas se heurter à la voûte de pierre ou aux parois du rocher.

Mais par malheur il rencontra la jambe de Musaron, et la saisit en criant à Becker :

— Becker, un cadavre !

— Non, pardieu ! s'écria le vaillant Musaron, en lui serrant la gorge, c'est un homme fort vivant, qui va vous étrangler, mon brave !

Caverley renversé, terrassé, ne put ajouter un mot; Musaron lui tenait les poings et les attachait avec la sangle d'un des chevaux.

Agénor n'eut qu'à étendre la main de son côté pour en faire autant à Becker, à demi mort d'une terreur superstitieuse.

— Maintenant, dit Musaron, mon cher capitaine, nous allons causer rançon. Faites bien attention que nous sommes en nombre, que le moindre geste ou le moindre cri vous attirerait dans les côtes un nombre infini de coups de dague.

— Je ne bougerai pas, je ne dirai rien, murmura Caverley, mais épargnez-moi !

— Il convient d'abord que nous prenions nos précautions, dit Musaron en dépouillant Caverley, pièce à pièce,
de ses armes offensives et défensives, avec la dextérité d'un
singe qui épluche une noix.

Puis ce travail terminé, il en fit autant à Becker.

Les armes ôtées, Musaron passa à l'escarcelle. Ses doigts
seuls mirent de la délicatesse dans cette opération. Sa conscience ne mit aucun scrupule. Ceintures bien garnies,
bourses bien rondes passèrent au pouvoir de Musaron.

— Tu dévalises aussi, toi, lui dit Agénor ?

— Messire, je leur ôte les moyens de nuire.

Le premier moment d'effroi étant passé, Caverley demanda la permission de présenter quelques observations.

— Vous le pouvez, lui dit Agénor, si vous parlez à voix
basse.

— Qui êtes-vous ? dit Caverley.

— Ah ! ceci est une question, mon cher, répliqua Musaron, nous n'y répondrons point. '

— Vous avez entendu toute ma conversation avec mes
hommes ?

— Sans en perdre un seul mot.

— Diable ! vous savez mon plan, alors ?

— Comme vous-même.

— Eh bien ! que voulez-vous faire de moi et de mon
compagnon Becker ?

— C'est tout simple : nous sommes au service de don
Pedro ; nous vous livrerons à don Pedro, en lui racontant
ce que nous savons de vos intentions à son égard.

— Ce n'est pas charitable, répliqua Caverley, qui dut
pâlir dans les ténèbres. Don Pedro est cruel : il me fera

souffrir mille tortures ; tuez-moi tout de suite d'un bon coup au cœur.

— Nous n'assassinons pas, répliqua Mauléon.

— Oui, mais don Pedro m'assassinera.

Et un long silence de ses vainqueurs apprit à Caverley qu'il les avait persuadés, puisqu'ils ne trouvaient rien à lui répondre.

Agénor se consultait.

La présence inopinée de Caverley lui avait révélé la présence de don Pedro à Montiel. Cet homme avait été le chien de chasse au flair infaillible qui dépiste la proie de son maître. Ce service rendu à Mauléon lui parut assez grand pour le pousser à la clémence. D'ailleurs, son ennemi était désarmé, dépouillé, hors d'état de nuire.

Toutes ces réflexions, Musaron les faisait de son côté. Il avait une telle habitude des pensées de son maître, que dans leurs deux esprits naissait simultanément la même inspiration.

Mais ce silence, Caverley l'avait employé en homme retors et habile qu'il était.

Il avait réfléchi que depuis le commencement de la désagréable conversation qu'il venait d'avoir avec les inconnus, deux voix seulement avaient parlé : en tâtonnant, en se retournant, il s'était convaincu que la grotte était étroite et d'une capacité insuffisante pour tenir plus de quatre hommes.

Sauf les armes, la partie était donc égale.

Mais pour ravoir ces armes il eut fallu jouer des mains, et les mains étaient attachées.

Cette providence ténébreuse qui protège les scélérats, et qui n'est autre chose que la faiblesse des honnêtes gens, cette providence, disons-nous, vint au secours de Caverley.

—Ce Caverley, s'était dit Agénor, va me gêner beaucoup. A ma place, il sortirait d'embarras avec un coup de poignard et jetterait mon corps au Tage ; ce sont des procédés que je ne veux pas employer. Il me gênera, dis-je, quand je voudrai sortir d'ici, et j'en voudrai sortir aussitôt que j'aurai des nouvelles certaines d'Aïssa et de don Pedro.

Cette réflexion une fois faite, Mauléon, qui était expéditif, saisit Caverley par le bras, et se mit à le détacher en lui disant :

— Maître Caverley, vous m'avez, sans le savoir, rendu service. Oui, don Pedro vous tuerait, et je ne veux pas que vous mouriez ainsi quand il y a de si bonnes potences en Angleterre et en France...

A chaque mot l'imprudent défaisait un nœud.

— Donc, continua Mauléon, je vous donne la liberté; profitez-en pour fuir, et tâchez de vous amender.

Là-dessus il acheva de dénouer la courroie.

A peine Caverley eut-il les bras libres que, fondant sur Agénor, il essaya de lui arracher son estoc en disant :

— Avec la liberté, rendez-moi ma bourse !

Déjà même il tenait le fer, il en adaptait la poignée à sa main pour frapper, lorsque Mauléon lui porta un coup de poing qui l'envoya rouler au milieu de la flaque d'eau, par delà des degrés de la grotte.

Caverley, pareil au poisson qui, échappé au panier du pêcheur, sent de nouveau l'élément ambiant qui le fait vivre, respira l'air avec délices, bondit hors de la caverne et prit à toutes jambes le chemin du bourg.

— Par saint Jacques ! mon maître, dit Musaron avec

jureur, vous avez fait là un beau coup ! Laissez-moi courir
que je le rattrape.

— Eh ! pour quoi faire ? dit Agénor... puisque je voulais
lui donner la clef des champs.

— Folie ! insigne folie ! le coquin nous jouera quelque
tour ; il reviendra, il parlera...

— Tais-toi, niais, dit Agénor en poussant le coude de
Musaron, pour que celui-ci, dans son délire, ne compromît
rien devant Becker ; s'il revient, nous le livrerons à don
Pedro que nous préviendrons ce soir même

— C'est différent, grommela Musaron, qui comprit la
ruse.

— Allons, ami, détache aussi les bras de cet honnête
M. Becker, et dis-lui bien que si Caverley, Philips, Lesby
et Becker, ces quatre chevaliers illustres, sont encore dans
les environs demain, ils seront tous pendus aux créneaux
de Montiel : car de ce côté la police est mieux faite qu'en
France.

— Oh ! je n'oublierai pas cela, seigneur, dit Becker ivre
de joie et de reconnaissance.

Il ne songea pas, lui, à s'armer contre ses bienfaiteurs.
Il leur baisa la main et disparut, léger comme un oiseau.

— Oh ! mon maître, soupira Musaron, que d'aventures !

— Oh ! sire écuyer, dit Agénor, que vous avez de le-
çons à prendre avant d'être accompli ! Quoi ! vous ne
voyez pas que ce Caverley nous a déterré le don Pedro ;
que ne sachant pas qui nous sommes, il croit que nous
sommes les gardiens de don Pedro ; que par conséquent il
va quitter le pays d'autant plus vite. — Enfin, que vous
faut-il de plus ? vous avez l'argent et les armes !

— Messire, j'ai tort.

— A la bonne heure !

— Mais veillons, messire, veillons ! Le diable et Caverley
sont bien fins !

— Cent hommes ne nous forceraient pas dans cette
grotte ! nous y pouvons dormir alternativement, répliqua
Mauléon, et attendre ainsi des nouvelles de ma chère maîtresse, puisque le ciel nous a déjà donné des nouvelles de
don Pedro.

— Messire, je ne désespère plus de rien maintenant, et
si quelqu'un me disait : La senora Aïssa va descendre vous
visiter dans ce nid de couleuvres, je le croirais et je dirais :
Merci pour votre nouvelle, brave homme.

A ce moment un petit bruit lointain, mais mesuré, mais
cadencé, frappa l'oreille exercée de Musaron.

—Ma foi ! dit-il, vous aviez raison ; voilà ce Caverley qui
prend le galop... J'entends quatre chevaux, je vous jure...
Il a rejoint ses Anglais, et tous fuient la potence dont vous
leur faisiez fête... à moins qu'ils ne viennent ici, toutefois...
Non, le bruit s'éloigne, il expire... Bon voyage ! adieu
jusqu'au revoir... capitaine du diable !

— Eh ! Musaron, s'écria tout à coup Agénor, je n'ai plus
mon épée...

— Le drôle vous l'a volée, dit Musaron ; c'est dommage :
une si bonne lame !...

— Avec mon nom gravé sur la poignée. Ah ! Musaron,
le brigand va me reconnaître !

— Pas avant le soir, seigneur chevalier... et au soir il
sera bien loin, croyez-moi ! Caverley damné ! il faut toujours qu'il vole quelque chose !

Le lendemain, à la pointe du jour, ils entendirent descendre du château deux hommes qui causaient vivement.
C'était Mothril lui-même, et le roi don Pedro. Ce dernier menait son cheval en main.

A cette vue tout le sang d'Agénor bouillonna.

Il allait se précipiter sur ses ennemis, pour les poignarder et terminer cette lutte, mais Musaron l'arrêta.

— Etes-vous fou, seigneur ? dit-il. Quoi ! vous tueriez Mothril sans avoir Aïssa !... Et qui vous dit qu'ainsi qu'à Navarette, ceux qui gardent Aïssa n'ont pas ordre de la tuer, si Mothril mourait ou si vous le faisiez prisonnier ?

Agénor frissonna.

— Oh ! tu m'aimes véritablement, dit-il ; oui, tu m'aimes !

— Je le crois bien... pardieu ! vous, vous figurez que je n'aurais pas de plaisir à tuer ce vilain More qui a fait tant de mal?... Oui, je le tuerai, mais à l'occasion ; et qu'elle soit bonne !

Ils virent passer à portée de leur main ces deux objets de leur haine légitime, et ils en furent presque effleurés sans oser s'en défaire.

— La fortune se joue de nous, s'écria Agénor.

— Plaignez-vous donc, seigneur, dit Musaron, vous qui, sans Caverley, fussiez parti hier, parti sans savoir où était don Pedro, sans avoir de nouvelles de dona Aïssa. Mais, chut ! écoutons-les.

— Merci, disait Pedro à son ministre, je crois qu'elle guérira et qu'elle m'aimera.

— N'en doutez plus, seigneur. Elle guérira parce que Hafiz et moi, nous irons cueillir, selon le rite prescrit, les herbes que vous savez. Puis elle vous aimera, parce que rien ne lui déplaît plus à votre cour... Mais parlons d'objets sérieux. Vérifiez si la nouvelle est sûre. Dix mille de mes compatriotes doivent être débarqués à Lisbonne, et remonter le Tage jusqu'à Tolède. Allez à Tolède où l'on vous aime. Encouragez ces fidèles défenseurs. Le jour où Henri sera en Espagne, vous le prendrez d'un seul coup, lui et son armée, entre la ville dont il fera le siége et l'armée des Sarrasins vos alliés, à la tête de laquelle j'irai me mettre quand elle sera en vue de Tolède. C'est le bon, le vrai, l'infaillible succès qui est contenu dans celui-ci.

— Mothril, tu es un habile ministre; quoi qu'il arrive, tu m'as été dévoué.

— La laide figure que doit faire le More pour paraître gracieux, dit Musaron à l'oreille de son maître.

— Avant que je ne vous quitte pour revenir au château, dit Mothril, un dernier conseil. Refusez au prince de Galles toute solution d'argent, jusqu'à ce qu'il ait pris parti pour vous. Ces Anglais sont perfides.

— Oui, et puis l'argent manque.

— Raison de plus. Adieu, seigneur, vous êtes désormais victorieux et heureux.

— Adieu, Mothril.

— Adieu, seigneur.

Les deux aventuriers durent encore subir le supplice de voir remonter lentement Mothril qui, un sourire infernal sur les lèvres, regagnait le château si ardemment convoité par Agénor.

— Saisissons-le, dit le jeune homme, montons avec lui, vivant; disons que s'il ne nous livre Aïssa, nous le tuerons : il nous la livrera.

— Oui; et en chemin, quand nous redescendrons, il nous accablera de quartiers de roche. Nous serons bien avancés! Patience, vous dis-je, Dieu est bon!

— Eh bien! puique tu te refuses à tout pour Mothril, ne refuse pas du moins l'occasion qui s'offre pour don Pedro. Il part seul, nous sommes deux; prenons-le, et tuons-le s'il résiste, ou, s'il ne résiste pas, menons-le à don Henri de Transtamare, pour lui prouver que nous l'avons trouvé.

— Excellente idée ! je l'adopte, s'écria Musaron : je vous suis.

Ils attendirent que Mothril eût atteint la plate-forme du château ; alors ils se hasardèrent à sortir du trou.

Mais lorsqu'ils plongèrent leurs regards dans la plaine, ils virent don Pedro à la tête d'une troupe d'au moins quarante hommes d'armes. Il continuait paisiblement sa route vers Tolède.

— Ah ! pardieu ! nous étions bien stupides... pardon, seigneur, bien crédules, dit Musaron. Mothril n'eût pas laissé partir le roi ainsi seul : des gardes sont venus du bourg au-devant de lui.

— Prévenus par qui ?

— Eh ! par les Mores d'hier soir, ou même par un signal du château.

— C'est juste ; ne pensons plus qu'à voir Aïssa, si c'est possible, ou à retourner vers don Henri !

XVII.

HAFIZ.

L'occasion attendue ne se présenta pas de tout un jour. Nul ne sortit du château, sinon des pourvoyeurs.

Un messager vint aussi, mais le cor du châtelain avait signalé son arrivée. Nos aventuriers ne jugèrent pas prudent de l'arrêter.

Vers le soir, quand tout devient silencieux, quand les bruits qui montent du fleuve à la montagne semblent eux-mêmes veloutés, assourdis, quand le ciel pâlit à l'horizon, et que la roche paraît moins fraîche, nos deux amis entendirent une conversation animée entre deux voix de connaissance.

Mothril et Hafiz se querellaient en descendant de la plate-forme du château vers le sentier qui aboutissait aux portes.

— Maître, disait Hafiz, tu m'as fait enfermer quand le roi était là ; tu m'avais promis de me présenter à lui ; tu m'as promis aussi beaucoup d'argent. Je m'ennuie près de cette jeune fille que tu me forces de garder. Je veux faire la guerre avec nos compatriotes qui reviennent du pays, et remontent le Tage en ce moment sur des vaisseaux aux voiles blanches.

Ainsi, paie-moi vite, mon maître, et que je m'en aille auprès du roi.

— Tu veux me quitter, mon fils ? dit Mothril ; suis-je un mauvais maître pour toi ?

— Non, mais je ne veux plus de maître du tout.

— Je puis te retenir, dit Mothril, car je t'aime.

— Moi, je ne t'aime pas. Tu m'as fait faire des actions sinistres qui peuplent mon sommeil de rêves effrayans ; je suis trop jeune pour me résoudre à vivre ainsi. Paie-moi, et fais-moi libre, ou j'irai trouver quelqu'un à qui je dirai tout.

— Alors, tu as raison, répondit Mothril, remonte au château, je te vais payer sur-le-champ.

Comme ils descendaient, Hafiz était derrière et Mothril devant. Le chemin était si étroit que pour remonter, Hafiz devait être devant et Mothril derrière.

La chouette commençait à chanter dans le creux des pierres ; la teinte violacée succédait, sur les parois du roc, à la nuance purpurine.

Tout à coup, un cri affreux, un blasphème effrayant perça les airs, et quelque chose de pesant, de flasque, de sanglant vint s'aplatir devant la caverne où nos deux amis écoutaient avec attention.

Ils répondirent par un cri d'effroi au cri funèbre.

Les oiseaux de nuit s'envolèrent épouvantés du sein des crevasses, et les insectes eux-mêmes s'enfuirent effarés de leurs repaires.

8.

Bientôt une mare de sang gagna l'eau de la citerne'
qu'elle rougit.

Agénor, pâle et tremblant, sortit la tête de sa cachette, et
la tête livide de Musaron vint se placer à côté de la sienne.

— Hafiz ! s'écrièrent-ils tous deux en voyant à trois pas
le cadavre immobile, en lambeaux, du compagnon de
Gildaz.

— Pauvre enfant ! murmura Musaron, qui sortit du trou
pour lui porter secours s'il en était temps encore.

Déjà les ombres de la mort s'étendaient sur cette face
bronzée ; les yeux, dilatés outre mesure, se ternissaient,
un souffle lourd mêlé de sang sortait péniblement de la
poitrine écrasée du More.

Il reconnut Musaron ; il reconnut Agénor, et ses traits
exprimèrent une epouvante superstitieuse.

En effet, le misérable croyait voir des ombres venge-
resses.

Musaron lui souleva la tête, Agénor lui porta de l'eau
fraîche pour laver son front et ses plaies.

— Le Français ! le Français ! dit Hafiz en buvant avec
avidité ; Allah ! pardonne-moi.

— Viens avec nous, pauvre petit ; nous te guérirons, dit
Agénor.

— Non, je suis mort, mort comme Gildaz, murmura le
Sarrasin... mort comme je l'ai mérité, mort assassiné. Mothril m'a précipité du haut de la rampe du château.

Un mouvement d'horreur échappé à Mauléon fut remarqué du mourant.

— Français, dit-il, je t'ai haï, mais je cesse de te haïr aujourd'hui, car tu peux me venger... Dona Aïssa t'aime
toujours... Dona Maria te protégeait aussi. C'est Mothril
qui a empoisonné Maria, c'est lui qui a profité de l'éva-

nouissement d'Aïssa pour la frapper d'un coup de poignard. Dis cela au roi don Pedro, dis-le-lui bien vite... mais sauve Aïssa si tu l'aimes ; car dans quinze jours, quand don Pedro reviendra au château, Mothril doit lui livrer Aïssa endormie par un breuvage magique... Je t'ai fait du mal, mais je te fais du bien, pardonne-moi et venge-moi. — Allah!..

Il retomba épuisé, tourna les yeux avec un effort douloureux vers le château pour le maudire, et expira.

Pendant plus d'un quart d'heure les deux amis ne purent réussir à retrouver leurs idées, à reprendre leur sang-froid.

Cette mort hideuse, cette révélation, ces menaces de l'avenir, les avaient frappés d'une épouvante indicible.

Agénor se leva le premier. — D'ici à quinze jours, dit-il, nous sommes tranquilles, — dans quinze jours, don Pedro, Mothril ou moi, nous serons morts. — Viens, Musaron, allons au camp de Henri lui rendre compte de la mission dont je m'étais chargé. Mais hâtons-nous ; cherche nos chevaux dans la plaine.

En effet, Musaron, tout chancelant, réussit à trouver les chevaux, qui d'ailleurs vinrent à sa voix.

Il les équipa, les chargea, et, sautant légèrement en selle, il prit le chemin de Tolède, dans lequel son maître l'avait déjà devancé.

Quand ils furent en plaine, et que le château sinistre se profila noir sur le fond gris-bleu du ciel :

— Mothril, cria Agénor d'une voix retentissante, en montrant son poing aux fenêtres du château ; Mothril, au revoir ! Aïssa, mon amour, à bientôt !

XVIII.

PRÉPARATIFS.

La poudre ne s'enflamme pas avec plus de rapidité que la révolte dans les Etats de don Pedro.

Sans la crainte d'être envahis par les royaumes voisins, les habitans des Castilles se fussent, pour la plus grande partie, prononcés en faveur de Henri sitôt qu'un manifeste émané de lui apprit à l'Espagne qu'il était revenu avec une armée, et que cette armée était commandée par le connétable Bertrand Duguesclin.

En peu de jours, les routes furent couvertes de soldats de fortune, de citoyens dévoués, de religieux de tous ordres et de Bretons, qui marchaient vers Tolède.

Mais Tolède, fidèle à don Pedro, ainsi que Bertrand l'avait prévu, ferma ses portes, arma ses murailles, et attendit l'événement.

Henri ne perdit pas de temps. Il investit la ville et commença un siége en règle. Cet état d'hostilité le servait merveilleusement, car il donnait le temps à ses alliés de venir sous ses drapeaux.

D'un autre côté, don Pedro se multipliait. Il envoyait courriers sur courriers au roi de Grenade, au roi de Portugal, au roi d'Aragon et de Navarre, ses anciens amis.

Il négociait avec le prince de Galles, qui, malade à Bordeaux, semblait avoir perdu un peu de son énergie pour la guerre, et se préparait, par le repos, à cette cruelle mort qui l'enleva jeune à un glorieux avenir.

Les Sarrasins annoncés par Mothril étaient débarqués à Lisbonne. Ils avaient pris quelques jours de rafraîchissement, puis, avec des bateaux que le roi de Portugal leur fournissait, ils remontaient le Tage, précédés par trois mille chevaux envoyés à don Pedro de la part de son allié de Portugal.

Henri avait pour lui les villes de la Galice, de Léon ; une armée homogène, dont cinq mille Bretons, commandés par Olivier Duguesclin, formaient le puissant noyau.

Il n'attendait plus que des nouvelles certaines de Mauléon, quand celui-ci revint au camp avec son écuyer, et conta ce qu'il avait fait et ce qu'il avait vu.

Le roi et Bertrand écoutèrent dans un profond silence.

— Quoi ! dit le connétable, Mothril n'est pas parti avec don Pedro ?

Il attend l'arrivée des Sarrasins pour s'aller mettre à leur tête.

— On peut envoyer cent hommes prendre d'abord celui-là dans Montiel, dit Bertrand. Agénor commandera l'expédition, et, comme je suppose qu'il n'a pas de fortes raisons d'aimer ce Mothril, il fera dresser une haute potence sur le bord du Tage, et accrochera à cette potence le Sarrasin, l'assassin, le traître...

— Seigneur, seigneur, dit Agénor, vous avez été assez bon pour me promettre votre amitié, pour me promettre votre appui. Ne me refusez pas aujourd'hui ; faites, je vous prie, que le Sarrasin Mothril vive calme et sans défiance en son château de Montiel.

— Pourquoi ? c'est un nid qu'il faut détruire.

— Seigneur connétable, c'est un repaire que je connais et dont l'avenir vous prouvera l'utilité. Vous savez que lorsqu'on veut forcer le renard, on ne paraît pas remarquer sa cachette, et qu'on passe devant sans regarder ; autrement, il la quitte et n'y revient plus ?

— Après, chevalier ?

— Seigneurs, laissez croire à Mothril et à don Pedro qu'ils sont ignorés et inviolables dans le château de Montiel ; qui sait si, plus tard, nous ne les prendrons pas là d'un seul coup de filet ?

— Agénor, dit le roi, ce n'est pas là ta seule raison ?

— Non, sire, et je n'ai jamais menti ; non, ce n'est pas ma seule raison. La véritable est que ce château renferme un ami à moi, un ami que Mothril fera tuer si on le serre de trop près.

— Dis-le donc, s'écria Bertrand, et ne crois jamais qu'on hésite à te refuser ce que tu désires.

Après cet entretien, qui rassura Mauléon sur le sort d'Aïssa, les chefs de l'armée pressèrent vigoureusement le siége de Tolède. Les habitans se défendirent si bien que ce fut le foyer de beaucoup de faits d'armes, et que bien des assiégeans illustres, parmi les experts, furent tués ou blessés dans des escarmouches ou des sorties.

Mais ces combats sans conséquence n'étaient que le prélude d'une action générale, comme les éclairs et le choc des nuages sont le prélude de la tempête.

XIX.

TOLÈDE AFFAMÉE.

Don Pedro venait de régler dans Tolède, ville de défense sûre et de ressources nombreuses, toutes ses affaires avec ses sujets et ses alliés.

Les Tolédans avaient flotté d'un parti à l'autre dans cette suite interminable de guerres civiles ; il s'agissait de frapper sur eux un coup moral qui les liât éternellement à la cause du vainqueur de Navarette.

Là était le plus beau titre de don Pedro. En effet, si les Tolédans ne soutenaient pas leur prince cette fois, et qu'à la première bataille il fût vainqueur comme à la dernière, c'était fait de Tolède à tout jamais; don Pedro ne pardonnerait pas.

Il savait bien, cet homme rusé, que la population d'une grande ville n'a d'impulsions réelles que la faim et l'avidité.

Mothril le lui répétait chaque jour. Il s'agissait donc de

nourrir les Tolédans et de leur faire espérer de riches dépouilles.

Don Pedro ne réussit pas à atteindre les deux résultats.

Il promit beaucoup pour l'avenir, mais il ne tint rien
pour le présent.

Lorsque les Tolédans s'aperçurent que les vivres man-
quaient au marché, que les greniers étaient vides, ils
commencèrent à murmurer.

Une ligue de vingt riches particuliers dévoués au comte
de Transtamare, ou seulement animés d'un esprit d'oppo-
sition, fomentait ces murmures et ces méchantes dispositions de la ville.

Don Pedro consulta Mothril.

— Ces gens-là, répondit le More, vous joueront le mauvais tour d'ouvrir, tandis que vous dormirez, une porte de
la ville à votre compétiteur. Dix mille hommes entreront,
vous prendront, et la guerre sera finie.

— Que faire alors?

— Une chose bien simple. En Espagne, on vous appelle
don Pedro le Cruel.

— Je le sais... et je ne mérite ce titre que par des actes
de justice un peu énergiques.

— Je ne discute pas... mais si vous avez mérité ce nom,
il ne faut pas craindre de le mériter encore; si vous ne l'a-
vez pas mérité, dépêchez-vous de le justifier par quelque
bonne exécution qui apprenne aux Tolédans la force de
votre bras.

— Soit, reprit le roi. J'agirai cette nuit même.

En effet, Pedro se fit désigner les mécontens dont nous
avons parlé; il s'informa de leur demeure et de leurs ha-
bitudes. Puis, cette nuit même, avec cent soldats qu'il

commandait en personne, il força la maison de chacun de ces factieux et les fit égorger.

Leurs corps furent jetés dans le Tage. Un peu de bruit nocturne, beaucoup de sang soigneusement lavé, voilà tout ce qui apprit aux Tolédans comment le roi entendait pratiquer la justice et administrer la ville.

Ils ne murmurèrent donc plus, et se mirent à manger avec beaucoup d'enthousiasme leurs chevaux d'abord.

Le roi les en félicita.

— Vous n'avez pas besoin de chevaux dans la ville, leur dit-il. Les courses ne sont pas longues ; quant aux sorties sur les assiégeans, eh bien ! nous les ferons à pied.

Après leurs chevaux, les Tolédans furent contraints de manger leurs mules. C'est pour l'Espagnol une dure nécessité. La mule est un animal national, on le regarde presque comme un compatriote. Certes, on sacrifie les chevaux aux courses de taureaux ; mais on charge les mules de ramasser sur l'arène chevaux et taureaux tués les uns sur les autres.

Donc, les Tolédans mangèrent leurs mules en soupirant.

Don Pedro les laissa faire.

Cette exécution de mulets souleva l'énergie des assiégés ; ils sortirent pour chercher des vivres, mais Le Bègue de Vilaine et Olivier de Mauny, qui n'avaient pas mangé leurs chevaux bretons, les battirent cruellement, et force leur fut de rester dans les remparts.

Don Pedro leur suggéra une idée neuve.

C'était de manger le fourrage que les chevaux et les mules ne mangeaient plus, puisqu'ils étaient morts.

Cela dura huit jours, après quoi on dut s'occuper d'autre chose.

Justement la circonstance n'était pas avantageuse.

Le prince de Galles, ennuyé de ne pas recevoir les sommes d'argent que lui devait don Pedro, venait d'envoyer trois députés à Tolède pour présenter la note des frais de la guerre.

Don Pedro consulta Mothril sur ce nouvel embarras.

— Les chrétiens, répondit Mothril, aiment beaucoup le faste des cérémonies et les fêtes publiques; du temps que nous avions des taureaux, je vous eusse conseillé de leur donner une course brillante, mais il n'y en a plus, il faut aviser à quelque chose d'équivalent.

— Dites, dites.

— Ces députés viennent vous demander de l'argent. Tout Tolède attend votre réponse: si vous refusez, c'est que vos caisses sont vides, alors ne comptez plus sur les Tolédans.

— Mais je ne puis payer, nous n'avons plus rien.

— Je le sais bien, seigneur, moi qui administrais les finances; toutefois, à défaut d'argent, on doit avoir de l'esprit.

— Vous allez inviter les députés à se rendre en grande pompe à la cathédrale. Là, en présence de tout le peuple, qui sera très charmé de voir vos habits royaux, l'or et les pierreries des ornemens sacerdotaux, la richesse des armures, et les cent cinquante chevaux qui restent dans la ville comme échantillons d'animaux curieux dont la race est perdue; là vous direz :

« — Seigneurs députés, avez-vous pleins pouvoirs pour traiter avec moi?

« — Oui, diront-ils, nous représentons Son Altesse le prince de Galles, notre gracieux seigneur.

« — Eh bien! direz-vous, Sa Seigneurie demande la
somme d'argent qu'il a été convenu que je paierais?

« — Oui, répondront-ils.

« — Je ne nie pas la dette, direz-vous, mon prince. Seulement il était convenu entre Son Altesse et moi qu'en retour de la somme due, j'aurais la protection, et l'alliance,
et la coopération des Anglais. »

— Mais je l'ai eue, s'écria don Pedro.

— Oui, mais vous ne l'avez plus, et vous risquez d'a-
voir le contraire... Voici donc ce qu'il faut obtenir d'eux
avant tout, la neutralité : attendu que si avec l'armée,
Henri de Transtamare et les Bretons commandés par le
connétable, vous avez à combattre votre cousin le prince
de Galles et vingt mille Anglais, vous êtes perdu, mon
prince, et les Anglais se paieront par leurs mains sur vos
dépouilles.

— Ils me refuseront, Mothril, puisque je ne paierai pas.

— S'ils avaient à refuser, ce serait déjà fait. Mais les
Chrétiens ont trop d'amour-propre pour s'avouer les uns
aux autres qu'ils ont été trompés. Le prince de Galles aimerait mieux perdre tout ce que vous lui devez, et passer
pour avoir été payé, que d'être payé sans qu'on le sache...
Laissez-moi finir... vos députés vous sommeront de les
payer... vous répondrez :

« — De toutes parts on me menace des hostilités du prince
de Galles... Si cela était, j'aimerais mieux perdre tout mon
royaume que de laisser subsister une trace d'alliance avec
un prince aussi déloyal. Jurez-moi donc que d'ici à deux
mois Son Altesse le prince de Galles tiendra, non pas la
promesse qu'il a faite de m'aider, mais celle qu'il a faite

avant, d'être neutre, et, dans deux mois, je le jure sur le
saint Évangile que voici, vous serez payés : je tiens l'argent tout prêt. »

Les députés jureront pour avoir le droit de retourner
vite dans leur pays ; alors votre peuple sera joyeux, soulagé, sûr de n'avoir plus de nouveaux ennemis, et après
avoir mangé ses chevaux et ses mules , il mangera tous
les rats et tous les lézards de Tolède, qui sont en assez
grand nombre, à cause du voisinage des rochers du
fleuve.

— Mais, dans deux mois, Mothril ?...

— Vous ne paierez pas plus, c'est vrai ; mais vous aurez
gagné ou perdu la bataille que nous voulons livrer ; dans
deux mois vous n'aurez plus besoin, vainqueur ou vaincu,
de payer vos dettes ; vainqueur, parce que vous aurez du
crédit plus qu'il n'en faut ; vaincu, parce que vous serez
plus qu'insolvable.

— Mais mon serment sur l'Evangile ?

— Vous avez souvent parlé de vous faire mahométan,
ce sera l'occasion, mon prince. Dévoué à Mahomet, vous
n'aurez plus rien à démêler avec Jésus-Christ, l'autre prophète.

— Exécrable païen ! murmura don Pedro ; quels conseils !

— Je ne dis pas non, répliqua Mothril ; mais vos fidèles
chrétiens n'en donnent pas du tout, — les miens valent
donc plus.

Don Pedro, après avoir bien réfléchi, exécuta de point
en point le plan de Mothril.

La cérémonie fut imposante, les Tolédans oublièrent leur
faim à la vue des magnificences de la cour et de l'appareil
d'une pompe guerrière.

Don Pedro déploya tant de magnanimité, fit de si beaux discours, et jura si solennellement, que les députés, après avoir juré la neutralité, parurent plus heureux que si on les eût payés comptant.

— Que m'importe après tout, disait don Pedro, cela durera autant que moi.

Il eut plus de bonheur qu'il ne l'espérait, car, selon les prévisions de Mothril, un grand renfort d'Africains arriva par le Tage et força les lignes ennemies pour ravitailler Tolède, de sorte que don Pedro comptant ses forces, se trouva commander une armée de quatre-vingt mille hommes, tant Juifs que Sarrasins, Portugais et Castillans.

Il s'était tenu à l'écart pendant toute la durée de ces préparatifs, ménageant sa personne avec un soin extrême, et ne donnant rien au hasard qui pouvait, par un accident isolé, lui faire perdre le résultat du grand coup qu'il méditait.

Don Henri, au contraire, organisait déjà un gouvernement comme un roi élu, assuré sur son trône. Il voulait que le lendemain d'une action qui lui aurait livré la couronne, cette royauté fût solide et saine comme celle qu'une longue paix a consacrée.

Agénor, pendant ces dispositions de chacun, avait l'œil sur Montiel et savait, au moyen de surveillans bien payés, que Mothril, ayant établi un cordon de troupes entre le château et Tolède, allait presque tous les jours, sur un cheval barbe, léger comme le vent, visiter Aïssa, rétablie entièrement de sa blessure.

Il avait essayé de tous les moyens pour obtenir l'entrée du château, ou pour faire prévenir Aïssa; mais rien n'avait réussi.

Musaron s'était donné la fièvre à force d'y rêver.

Enfin, Agénor ne voyait plus de salut que dans un combat général et prochain qui lui permettrait de tuer de sa main don Pedro, et de prendre Mothril vivant, de telle façon qu'il pût, pour la rançon de cette odieuse vie, acheter Aïssa libre et vivante.

Cette douce pensée, rêve incessant, fatiguait le cerveau du jeune homme par son ardente assiduité.

Il était tombé dans un dégoût profond de tout ce qui n'était pas la guerre active et décisive ; et, comme il faisait partie du conseil des chefs, son opinion était toujours de laisser le siége et de forcer don Pedro à une bataille rangée.

Il rencontrait des adversaires sérieux dans le conseil, car l'armée de Henri ne s'élevait pas à plus de vingt mille hommes, et bien des officiers pensaient que c'eût été folie d'aventurer avec de mauvaises chances une si belle partie.

Mais Agénor représentait que si don Henri n'avait à sa disposition que vingt mille hommes depuis son manifeste, et s'il ne se faisait connaître par un coup d'éclat, ses forces diminueraient au lieu d'augmenter, tandis que chaque jour le Tage apportait à don Pedro des renforts de Sarrasins et de Portugais.

— Les villes s'inquiètent, disait-il, elles flottent entre deux bannières, voyez l'adresse avec laquelle don Pedro vous réduit à l'inaction qui pour tous est la preuve de notre impuissance.

Abandonnez Tolède que vous ne prendrez pas. Rappelez-vous que si vous êtes vainqueurs, la ville est forcée de se rendre, tandis que rien ne les pousse en ce moment ; au contraire, le plan de Mothril s'exécute. Vous allez être enfermé entre des murailles de pierre et des murailles d'acier. Derrière vous le Tage bordé de 80,000 combattans. Il faudra ne plus combattre que pour bien mourir. Aujourd'hui vous pouvez attaquer pour vaincre.

Le fond de ce discours était intéressé ; mais quel bon conseil ne l'est pas un peu !

Le connétable avait trop d'esprit et d'expérience de la guerre pour ne pas appuyer Mauléon. Il restait l'indécision du roi, lequel risquait beaucoup à faire un coup de fortune sans avoir pris toutes ses précautions.

Mais ce que les hommes ne font pas, Dieu le fait à sa volonté.

XX.

LA BATAILLE DE MONTIEL.

Don Pedro était aussi pressé qu'Agénor, d'entrer en possession du bien qu'après sa couronne il désirait le plus au monde.

Chaque fois que la nuit, ses affaires étant faites, il pouvait le long d'une haie de soldats dévoués courir à Montiel, et contempler un quart d'heure la belle Aïssa, si pâle et si triste, le roi se trouvait heureux.

Mothril ne lui accordait ce bonheur que rarement. Le projet du Sarrasin était mûr, son filet bien tendu avait pris sa proie ; il ne s'agissait plus que de la garder, car un roi dans l'embûche est comme un lion dans les rets : on ne le tient jamais moins que lorsqu'il est pris.

Mothril était sollicité par don Pedro de lui livrer Aïssa ; il promettait de l'épouser, de la faire monter sur le trône.

Non, répondait Mothril, ce n'est pas au moment d'une bataille qu'un roi célèbre des noces, ce n'est pas lorsque tant de braves gens meurent pour lui qu'il s'occupe d'amour. Non. Attendez la victoire, alors tout vous sera permis.

Il contenait ainsi le roi frémissant. Cependant son idée était transparente, et don Pedro l'eût bien reconnu s'il n'eût été aveuglé.

Mothril voulait faire d'Aïssa une reine de Castille, parce qu'il savait que cette alliance du chrétien avec la mahométane soulèverait la chrétienté, parce qu'alors tout le monde abandonnerait don Pedro, et que les Sarrasins, tant de fois vaincus, étaient prêts pour reconquérir l'Espagne et s'y installer à jamais.

Mothril alors fût devenu roi de l'Espagne, Mothril, si accrédité parmi ses compatriotes, lui qui depuis dix ans les guidait pas à pas sur cette terre promise, avec des progrès sensibles pour tous, excepté pour le roi ivre ou fou.

Mais, comme en donnant Aïssa, en ménageant un retour d'adversité à don Pedro, il fallait cependant n'agir que lentement et sûrement, Mothril attendait une victoire décisive qui détruisît les plus furieux ennemis que les Mores pouvaient rencontrer en Espagne. Il fallait qu'avec le nom de don Pedro les Mores gagnassent une grande bataille, pour tuer Henri de Transtamare, Bertrand Duguesclin et tous les Bretons, pour indiquer enfin à la chrétienté que l'Espagne était une terre facile à s'ouvrir, quand il s'agissait d'y creuser des tombeaux pour les envahisseurs.

Il fallait aussi que le plus grand obstacle aux projets de Mothril, qu'Agénor de Mauléon fût tué afin que la jeune amante, adoucie d'abord par des promesses et par l'assurance d'une prochaine réunion, puis découragée par la mort non suspecte du champ de bataille, se laissât entraîner par le désespoir à servir Mothril dont elle ne se défierait plus.

Le More redoubla de tendresses, de soins, il alla jusqu'à accuser Hafiz d'avoir été d'intelligence avec dona Maria pour tromper Agénor ou le perdre. Hafiz était mort et ne pouvait plus se justifier.

Il procurait à Aïssa des nouvelles vraies ou controuvées d'Agénor.

— Il pense à vous, disait-il, il vous aime, il vit près de son seigneur le connétable, et ne manque pas une occasion de correspondre avec les émissaires que je lui expédie pour avoir des nouvelles.

Aïssa, rassurée par ces paroles, attendait patiemment. Elle trouvait même un certain charme à cette séparation, qui lui garantissait que Mauléon songeait à se rapprocher d'elle.

Ses journées se passaient dans l'appartement le plus retiré du château. Là, seule avec ses femmes, oisive et rêveuse, elle contemplait la campagne du haut d'une fenêtre plongeant à pic sur le gouffre des roches de Montiel.

Lorsque don Pedro venait la visiter, elle avait pour lui cette bienveillance glaciale et compassée qui, chez les femmes incapables de dissimulation, est le suprême effort de l'hypocrisie. Froideur tellement inintelligible que les pré-

9.

somptueux la prennent parfois pour la timidité d'un commencement d'amour.

Le roi n'avait jamais éprouvé de résistance. La plus fière des femmes, Maria de Padilla l'avait aimé, préféré à tout. Comment n'eût-il pas cru à l'amour d'Aïssa, surtout depuis que la mort de Maria et les calomnies de Mothril l'avaient persuadé que le cœur de sa fille était pur de toute pensée d'amour.

Mothril surveillait activement le roi dans chacune de ses visites. Pas un mot de ce prince n'était pour lui sans valeur, et il ne souffrait pas qu'Aïssa répondît une seule parole. Son état de maladie exigeait impérieusement, disait-il, le silence. Et puis il s'effrayait perpétuellement d'une intelligence de don Pedro avec les gens du château, intelligence qui eût livré Aïssa au roi comme tant d'autres femmes l'avaient été.

Mothril, souverain maître à Montiel, avait donc pris ses précautions. La meilleure de toutes était de convaincre Aïssa qu'il approuvait son amour pour Agénor. Or, la jeune fille était convaincue.

Il en résulta que le jour où Mothril dut quitter Montiel, pour aller prendre le commandement des troupes africaines arrivées pour la bataille, il n'eut que deux recommandations à faire, l'une à son lieutenant, l'autre à Aïssa elle-même.

Ce lieutenant était le même qui, avant le combat de Navarette, avait si mal défendu la litière d'Aïssa, mais il brûlait de prendre sa revanche.

C'était un soldat plutôt qu'un serviteur. Incapable de s'abaisser aux complaisances d'Hafiz, il ne comprenait que l'obéissance due au chef, et le respect dû aux prescriptions de la religion.

Aïssa, elle, ne comprenait qu'une seule chose aussi, — s'unir éternellement à Mauléon.

— Je pars pour la bataille lui dit Mothril. J'ai fait un pacte avec le sire de Mauléon, pour que mutuellement nous nous épargnions dans le combat. Vainqueur, il doit venir vous prendre en ce château, dont je lui ouvre les portes, et vous fuyez avec lui, avec moi, si vous m'aimez comme un père. — Vaincu, il vient à moi, je l'amène à vous, et il me doit à la fois la vie et votre possession... M'aimerez-vous bien, Aïssa, pour tant de dévouement? Vous comprenez que si le roi don Pedro savait un seul mot, soupçonnait une seule idée de ce plan, ma tête roulerait à ses pieds avant une heure, et vous seriez à jamais perdue pour l'homme que vous aimez.

Aïssa se répandit en protestations de reconnaissance, et salua ce jour de deuil et de sang comme l'aurore de sa liberté, de son bonheur.

Quand il eut ainsi préparé la jeune fille, il donna ses instructions à son lieutenant.

— Hassan, lui dit-il, le Prophète va décider de la vie et de la fortune de don Pedro. Nous allons livrer bataille. Si nous sommes vaincus, ou même si nous sommes vainqueurs et que, le soir de la bataille, je ne sois pas rentré au château, c'est que je serai blessé, mort ou prisonnier; alors tu ouvriras la porte de dona Aïssa : en voici la clef, — tu la poignarderas avec ses deux femmes, et tu les jetteras du haut du rocher dans le ravin, — parce qu'il ne convient pas que de bonnes musulmanes soient exposées aux insultes d'un chrétien, s'appelât-il don Pedro ou Transtamare! — Veille mieux qu'à Navarette, — là ta vigilance a été mise en défaut; — je t'ai pardonné, je t'ai laissé vivre; cette fois, le Prophète te punirait. Jure-moi donc d'exécuter mes ordres.

— Je le jure ! dit froidement Hassan, et, les trois femmes mortes, je me poignarderai avec elles, pour que mon esprit veille sur les leurs !

— Merci, répondit Mothril en lui passant au col son collier d'or. — Tu es un bon serviteur, et, si nous sommes victorieux, tu auras le commandement de ce château. Que dona Aïssa ignore jusqu'au dernier moment le sort qui lui est réservé ; — c'est une femme, elle est faible, elle ne doit pas souffrir plus d'une fois la mort ! Quant à la victoire, se hâta-t-il de dire, je ne crois pas qu'elle puisse nous échapper. — Ainsi, mon ordre est une précaution à laquelle nous n'aurons pas besoin de recourir.

Ayant ainsi parlé, Mothril prit ses armes, son meilleur cheval, se fit suivre de dix hommes dévoués, et, laissant le commandement de Montiel à Hassan, il partit pendant la nuit pour retrouver don Pedro, qui l'attendait avec impatience.

Mothril comptait sur cette victoire, et il ne se trompait pas. Voici quelles étaient ses chances :

Quatre contre un. Des secours frais arrivant à chaque instant, tout l'or de l'Afrique, poussé en Espagne par une volonté sourde et immuable, celle d'une conquête, dessein jamais abandonné, souvent détruit ; tandis que les chevaliers d'Europe ne combattaient là que par cupidité les uns, par devoir religieux les autres, tous assez froidement, et bien près de se laisser dégoûter par un revers.

Si jamais événement éclata au milieu de projets bien concertés, ce fut celui de la bataille que l'histoire a nommée du nom poétique et chevaleresque de Montiel.

Don Pedro, impatient, amassa toutes ses troupes entre Montiel et Tolède.

Elle couvraient deux lieues de pays, et s'échelonnaient jusqu'aux montagnes, cavalerie et infanterie, avec une splendide ordonnance.

Il n'y avait plus à hésiter pour don Henri. Soutenir l'action en homme contraint, c'était honteux pour un prétendant qui, à son tour, en Castille, avait arboré cette devise :

« Rester ici roi ou mort ! »

Il alla donc trouver le connétable, et lui dit :

— Cette fois encore, sire Bertrand, je remets entre vos mains le soin de mon royaume. C'est vous qui allez commander. Vous pouvez être plus heureux qu'à Navarette, vous ne serez ni plus brave ni plus habile. Mais vous le savez, chrétien, ce que Dieu ne permet pas une fois, il le veut bien permettre une autre.

— Donc, je commande ! sire, s'écria le connétable avec vivacité.

— Comme un roi. Je suis votre premier ou votre dernier lieutenant, sire connétable, répliqua le roi.

— Et vous me dites ce que le roi Charles V, mon sage et glorieux maître, m'a dit à Paris en me donnant l'épée de connétable !

— Que vous a-t-il dit, brave Bertrand ?

— Il m'a dit, sire, la discipline est mal observée dans mes armées, qui se perdent faute de soumission et de justice. Il y a des princes qui rougissent d'obéir à un simple chevalier ; mais jamais bataille n'a été gagnée sans l'accord de tous, et la volonté d'un seul. Ainsi, vous commanderez, Bertrand, et toute tête désobéissante, fût-ce celle de mon propre frère, s'abaissera ou tombera si elle ne veut se soumettre.

Ces mots, prononcés devant tout le conseil, résumaient délicatement le malheur de Navarette, où l'imprudence de don Tellès et de don Sanche, frères du roi, avait causé la ruine d'une grande partie de l'armée.

Les princes présens entendirent ces paroles de Duguesclin et rougirent.

— Sire connétable, dit le roi, j'ai dit que vous commandiez, donc vous êtes le maître. Quiconque ici ne fera pas selon votre caprice ou d'après votre ordre, je le frapperai moi-même avec la hache que voici, fût-ce mon allié, fût-ce mon parent, fût-ce mon frère. En effet, qui m'aime doit souhaiter ma victoire, et je ne vaincrai que par l'obéissance de tous au plus sage capitaine de la chrétienté.

— Ainsi soit-il, répliqua Duguesclin, j'accepte le commandement ; demain nous livrerons bataille.

Le connétable passa toute la nuit à écouter les rapports de ses espions et de ses courriers.

Les uns annonçaient que de nouvelles bandes de Sarrasins débarquaient à Cadix.

D'autres s'étendaient sur les désastres de la campagne, que ces quatre-vingt mille hommes ravageaient depuis un mois comme une nuée de sauterelles.

— Il est temps que cela finisse, dit le connétable au roi ; car ces gens-là auraient dévoré votre royaume, si bien qu'après la victoire il ne vous en resterait plus une bribe.

Agénor, joyeux, et le cœur serré tout à la fois, comme il arrive à la veille d'un événement qu'on désire, mais qui doit décider une importante question, Agénor trompa ses douleurs et son inquiétude par un déploiement inouï d'activité.

Toujours à cheval, il portait les ordres, rassemblait et groupait les compagnies, reconnaissait les terrains et assignait à chaque troupe son emplacement pour le lendemain.

Duguesclin divisa son armée en cinq corps.

Quatre mille cinq cents chevaux, commandés par Olivier Duguesclin et Le Bègue de Vilaine, formaient l'avant-garde.

Les Français et les Espagnols d'élite, au nombre de six mille, formaient le corps de bataille commandé par don Henri de Transtamare.

Les Aragonais et les autres alliés se tinrent à l'arrière-garde.

Une réserve de quatre cents chevaux, commandée par Olivier de Mauny, devait assurer les retraites.

Quant au connétable, il avait pris les trois mille Bretons commandés par le cadet de Mauny, Carlonnet, La Houssaie et Agénor.

Cette troupe, bien montée, et composée d'hommes invincibles, devait, comme un bras puissant, s'abattre partout où l'œil du chef le jugerait nécessaire pour le gain de la journée.

Bertrand fit lever ses soldats avant le jour, et chacun marcha lentement à son poste, en sorte qu'avant l'aube l'armée se trouvait rangée sans fatigue et sans éclat.

Il ne fit pas de longues harangues.

« Songez seulement, dit-il, que vous avez chacun quatre ennemis à tuer, mais que vous en valez dix.

« Ce ramassis de Mores, de juifs, de Portugais, ne peut
tenir contre des hommes d'armes de France et d'Espagne.
Frappez sans pitié, tuez tout ce qui n'est pas chrétien. Je
n'ai jamais fait verser le sang à plaisir ; aujourd'hui la nécessité nous en fait une loi.

« Il n'y a aucun lien entre les Mores et les Espagnols. Ils
se détestent mutuellement. L'intérêt seul les réunit ; mais
sitôt que les Mores se verront sacrifiés aux Espagnols, sitôt
qu'ils vous auront vus dans la mêlée épargner le chrétien
pour tuer l'infidèle, la défiance se mettra dans les rangs des
Mores, et le premier désespoir passé, ils tourneront vite
vers le salut. Tuez donc et sans merci ! »

Cette allocution produisit l'effet accoutumé. Un enthousiasme extraordinaire circula dans les rangs.

Cependant don Pedro était à l'œuvre, on le voyait ma-
nœuvrant péniblement ces indisciplinés mais immenses
bataillons africains, dont les armes et les vêtements somptueux reluisaient au soleil levant.

Quant Duguesclin eut vu cette multitude innombrable
du haut d'une colline qu'il avait choisie pour observatoire,
il craignit que le petit nombre de ses soldats ne donnât trop
de confiance à ses adversaires. Il fit donc dédoubler les
rangs de derrière pour serrer ceux de devant, de telle
façon qu'on les crût pareils.

Il fit, en outre, planter derrière le dos des collines des
faisceaux d'étendards, afin que les Sarrasins crussent que
sous ces étendards il y avait des soldats.

Don Pedro vit tout cela ; son génie grandissait avec le
danger. Il adressa un discours éloquent à ses Espagnols fidèles et des promesses brillantes aux Sarrasins. Mais, si
brillantes qu'elles fussent , elles ne pouvaient valoir les

espérances que ses alliés fondaient sur ses propres dépouilles.

Les trompettes sonnèrent du côté de don Pedro, celles
de Duguesclin retentirent aussitôt, et un grand tremblement,
pareil à celui de deux mondes qui se précipiteraient l'un
vers l'autre, agita le sol et jusqu'aux arbres des collines.

On vit dès les premiers coups l'effet de la recommanda-
tion de Duguesclin. Les Bretons, en refusant de faire des
prisonniers mahométans, et en tuant tout, tandis qu'ils
épargnaient les Espagnols et les chrétiens, jetèrent une profonde défiance dans l'esprit des infidèles, et cette défiance
se répandit comme un frisson dans les rangs des Sarrasins
pour les refroidir.

Ils se figurèrent que les chrétiens des deux partis s'entendaient, et que, Henri fût-il vaincu ou vainqueur, les Sarrasins seraient les seules victimes.

Justement leur bataille avait été attaquée par le frère de
Duguesclin et Le Bègue de Vilaine ; ces intrépides Bretons
firent un tel massacre autour d'eux que les chefs ayant été
tués, et le prince de Bennémarine lui-même, les Mores prirent peur et s'enfuirent, leur premier corps étant taillé en
pièces.

Le second flottait, mais s'avançait encore assez vaillam-
ment; Duguesclin commanda la course à ses trois mille Bretons, et le chargea si rudement que moitié tourna bride.

Ce fut un second massacre : généraux, noblesse, soldats,
tout fut tué. Il ne s'en sauva pas un seul.

Duguesclin revint à son poste, et tout échauffé, essuyant
son visage, il vit le roi Henri qui revenait aussi de la poursuite ; et, selon l'ordre, reprenait son rang avec les siens.

— A la bonne heure, messeigneurs, dit Bertrand, voilà

qui va bien et presque tout seul. Nous n'avons perdu que mille hommes à peu près, vingt-cinq mille Sarrasins sont par terre, voyez la belle jonchée. Tout va bien.

— Si cela dure ! murmura Henri.

— Du moins nous nous y emploierons, répliqua le connétable. Voyez ce Mauléon qui court sur le troisième corps des Sarrasins commandé par Mothril. Le More l'a vu et ordonne qu'on le cerne, voici déjà les cavaliers qui partent. Il va se faire tuer : sonnez la retraite, trompettes.

Dix trompettes sonnèrent, Agénor dressa l'oreille, et, soumis comme s'il eût accompli un exercice de manége, il revint au poste sous une grêle de flèches qui martelaient sa bonne armure.

— Maintenant, dit le connétable, mon avant-garde attaque les Espagnols, ce sont de bonnes troupes, messeigneurs, et nous n'en aurons pas bon marché. Il faut ici se diviser en trois corps et attaquer de trois côtés.

Le roi, continua-t-il, prendra la gauche, Olivier la droite. Moi, j'attends.

Il ne touchait, on le voit, ni à sa réserve, ni à ses cavaliers légers.

Les Espagnols reçurent le choc en gens qui voulaient mourir ou vaincre.

Henri s'attaquant au corps de don Pedro, rencontra la résistance de la haine et de l'intelligente valeur.

Les deux rois s'apercevaient de loin, et se menaçaient sans pouvoir se joindre. — Autour d'eux se soulevaient des montagnes d'hommes et d'armes entrechoquées, puis ces montagnes s'affaissaient englouties, et la terre buvait à flots le sang.

Le corps de Henri faiblit tout-à-coup ; don Pedro avait le dessus, il combattait non pas en soldat, mais en lion.

Déjà un de ses écuyers avait été tué, il changeait pour la deuxième fois de cheval, il n'avait pas une blessure, et son bras brandissait avec tant d'adresse et de mesure la hache d'armes que chaque coup abattait un homme.

Henri se vit entouré des Mores de Mothril, et de Mothril lui-même qui était le tigre si don Pedro était le lion. Les seigneurs français furent fauchés largement par les yatagans et les cimeterres de ces Mores; leurs rangs commençaient à s'éclaircir, et les flèches arrivaient jusqu'à la poitrine du roi; déjà même un audacieux avait pu le toucher de sa lance.

— Il est temps, s'écria le connétable. En avant, mes amis, Notre-Dame Duguesclin à la victoire.

Les trois mille hommes bretons s'ébranlèrent avec un bruit terrible, et formés en angle, pénétrèrent comme un coin d'acier dans le corps de bataille de don Pedro qui était de vingt mille hommes.

Agénor avait enfin cette permission, si ardemment souhaitée, de combattre et de prendre Mothril.

En un quart d'heure les Espagnols furent rompus, écrasés. La cavalerie moresque ne put tenir contre le poids des hommes d'armes et les coups de la terrible pointe.

Mothril voulut fuir, mais il rencontra les Aragonais et les hommes du Bègue de Vilaine, commandés par Mauléon.

Il fallait passer à tout prix sous peine d'être enfermé par cette muraille terrible; Agénor pouvait déjà se croire le maître de la vie et de la liberté de Mothril : mais celui-ci, avec trois cents hommes au plus, enfonça les Bretons, perdit deux cent cinquante cavaliers, et passa : en passant il abattit d'un coup de cimeterre la tête du cheval d'Agénor qui le suivait à deux pas.

Agénor roula dans la poussière, Musaron décocha une

flèche qui fut perdue, et Mothril, pareil au loup qui fuit, disparut derrière les monceaux de cadavres dans la direction de Montiel.

A ce moment, don Pedro voyait succomber les siens. Il sentait pour ainsi dire sur son visage le souffle de ses ennemis les plus acharnés. Mais l'un d'eux brisa son cimier d'or, et tua son porte-enseigne : ce qui faisait la honte du prince sauva l'homme.

Don Pedro ne fut plus aussi reconnaissable. Le carnage se fit autour de lui sans intelligence. Ce fut alors qu'un chevalier anglais aux armes noires, à la visière soigneusement baissée, prit son cheval par la bride et l'arracha du champ de bataille.

Quatre cents cavaliers cachés derrière un monticule par le prudent ami escortèrent seuls le roi fugitif. C'était tout ce qui restait à don Pedro des quatre-vingt mille hommes qui vivaient pour lui au commencement de la journée.

Comme la plaine se couvrait de fuyards dans toutes les directions, Bertrand ne sut pas distinguer la troupe du roi des autres bandes éparses ; on ne savait plus même si don Pedro était vivant ou mort. Le connétable lança donc au hasard sa réserve et les quinze cents cavaliers d'Olivier de Mauny sur tout ce qui fuyait ; mais don Pedro avait de l'avance, grâce à l'excellence de ses chevaux.

On ne songea pas à le suivre, d'ailleurs on ne le reconnaissait pas. Pour tous il n'était qu'un fuyard ordinaire.

Mais Agénor, lui, qui connaissait le chemin de Montiel, et l'intérêt de don Pedro à s'y réfugier, Agénor guettait de ce côté.

Il avait vu courir Mothril dans cette direction.

Il devina quel était cet Anglais si complaisant pour don Pedro.

Il vit le corps de quatre cents cavaliers escortant un homme qui les devançait de beaucoup, grâce à la vitesse de son magnifique cheval.

Il reconnut le roi à son casque brisé, à ses éperons d'or ensanglantés, il le reconnut à l'ardeur avec laquelle il regardait de loin les tours de Montiel. Agénor jeta les yeux autour de lui pour voir si quelque corps d'armée pouvait l'aider à suivre ce précieux fugitif et à couper la retraite à ses quatre cents cavaliers.

Il ne vit que Le Bègue de Vilaine avec onze cents chevaux qui essoufflés prenaient du repos avant de faire comme les autres la poursuite générale.

Bertrand était trop loin à pousser les fuyards et à parfaire la victoire sur tous les points.

— Messire, dit Agénor au Bègue, venez vite à mon aide, si vous voulez prendre le roi don Pedro, car c'est lui qui se sauve là-bas vers le château.

— En êtes vous sûr ? s'écria Le Bègue.

— Comme de ma vie, messire ! répondit Mauléon ; je reconnais l'homme qui commande ces cavaliers, c'est Caververley ; sans doute il ne fait si bonne escorte au roi que pour le prendre à son aise et le vendre, c'est son état...

— Oui, s'écria Le Bègue, mais il ne faut pas qu'un Anglais fasse ce beau coup lorsque nous sommes là tant de braves lances françaises. — Et se tournant vers ses cavaliers : — A cheval, tous ! dit le capitaine, et que dix hommes aillent prévenir M. le connétable que nous allons chercher le roi vaincu vers Montiel.

Les Bretons chargèrent avec tant de furie qu'ils atteignirent les cavaliers de l'escorte.

Aussitôt, le chef anglais dressa sa troupe en deux bandes;

l'une suivit celui qu'en supposait être le roi, l'autre fit ferme devant les Bretons.

— Chargez! chargez! criait Agénor, ils ne veulent que gagner du temps pour que le roi entre dans Montiel.

Malheureusement pour les Bretons, un défilé s'ouvrait devant eux; ils ne purent s'y engager que six par six pour joindre les Anglais fuyards.

— Nous allons les perdre! ils nous échappent! criait Mauléon, du courage! Bretons, du courage!

— Oui, nous t'échapperons, Béarnais du diable! hurla le chevalier anglais chef de cette escorte; d'ailleurs, si tu veux nous prendre, viens!

Il parlait avec cette confiance, parce que Agénor, entraîné par son activité, par sa jalousie, devançait tous ses compagnons et apparaissait presque seul devant les deux cents lances anglaises.

L'intrépide jeune homme ne s'arrêta pas devant ce danger terrible. Il enfonça ses éperons plus avant aux flancs de son cheval blanc d'écume.

Caverley était hardi, et sa férocité naturelle s'accommodait d'ailleurs d'une victoire qui paraissait infaillible.

Placé comme il était au milieu de ses hommes, il attendit Mauléon en s'assurant sur ses étriers.

On vit alors un curieux spectacle, celui d'un chevalier fondant tête baissée sur deux cents lances mises en arrêt.

— Oh! le lâche Anglais, criait de loin Le Bègue... oh! lâche! lâche!... Arrêtez, Mauléon, c'est trop de chevalerie!... Lâche! lâche Anglais!

Caverley fut emporté par la honte; après tout, il était chevalier, et devait un coup de lance à l'honneur de ses éperons d'or et de sa nation.

Il sortit des rangs et se mit en devoir de combattre.

— J'ai déjà ton épée, cria-t-il à Mauléon qui s'avançait comme la foudre. Ce n'est pas ici comme dans la caverne de Montiel, et avant peu j'aurai toute l'armure.

— Prends donc d'abord la lance, répliqua le jeune homme en allongeant un si furieux coup de lance que l'Anglais fut désarçonné, brisé, couché par terre avec son cheval.

— Hurrah! crièrent les Bretons, ivres de joie et s'avançant toujours.

Ce que voyant, les Anglais tournèrent bride et cherchèrent à rattraper leurs compagnons qui s'enfuyaient déjà dans la plaine, abandonnant le roi emporté par son cheval du côté de Montiel.

Caverley voulut se relever, il avait les reins brisés; son cheval, en se dégageant, lui envoya une ruade dans la poitrine et le cloua de nouveau sur la terre inondée d'un flot de sang noir.

— Par le diable! murmura-t-il, c'est fini, je n'arrêterai plus personne... — me voilà mort.

Et il retomba.

Au même instant toute la cavalerie bretonne arriva, et les onze cents chevaux bardés de fer passèrent comme un ouragan sur le cadavre déchiqueté de ce fameux preneur de rois.

Mais ce retard avait sauvé don Pedro. En vain, avec des efforts héroïques, Le Bègue donna-t-il une âme triple aux hommes et aux bêtes.

Les Bretons coururent avec rage, au risque de crever leurs chevaux, mais ils n'arrivèrent sur les traces de don Pedro qu'au moment où ce prince entrait dans la première barrière du château, et en sûreté, car la porte venait de se refermer ; il louait Dieu d'avoir échappé cette fois encore. Mothril, lui, était entré depuis un quart d'heure.

Le Bègue, au désespoir, s'arrachait les cheveux.

— Patience, messire, dit Agénor, ne perdons pas de temps et faites investir la place ; ce que nous n'avons pas fait aujourd'hui, nous le ferons demain.

Le Bègue suivit ce conseil ; il dispersa tous ses cavaliers autour du château, et la nuit tomba au moment où la dernière issue venait d'être fermée à quiconque essaierait de sortir de Montiel.

Alors aussi arriva Duguesclin avec trois mille hommes, et il apprit d'Agénor l'importante nouvelle.

— C'est du malheur, dit-il, car la place est imprenable.

— Seigneur, nous verrons, répliqua Mauléon ; si l'on n'y peut entrer, il faut avouer qu'on n'en peut non plus sortir.

XXI.

AISSA.

Le connétable n'était pas un homme crédule. Il avait des talens de don Pedro une opinion aussi favorable qu'il l'avait fâcheuse de son caractère.

Quand il eut fait le tour de Montiel et reconnu la place, quand il se fut convaincu qu'avec une bonne et sûre garde on pouvait empêcher de sortir une souris de ce château :

— Non, messire de Mauléon, dit-il, nous n'avons pas le bonheur que vous nous faites espérer. Non, le roi don Pedro ne s'est pas enfermé dans Montiel parce qu'il sait trop bien qu'on l'y bloquerait et qu'on l'y prendrait par famine.

— Je vous proteste, monseigneur, répliqua Mauléon, que Mothril est dans Montiel, et le roi don Pedro avec lui.

— Je le croirai quand je le verrai, dit le connétable.

— Combien le château a-t-il de garnison ? demanda Bertrand.

— Seigneur, trois cents hommes environ.

— Ces trois cents hommes, s'ils veulent seulement nous faire voler des pierres sur la tête, nous tueront cinq mille hommes sans que nous leur ayons seulement pu envoyer une flèche. Demain don Henri viendra ici ; il est occupé à sommer Tolède de se rendre ; aussitôt après son arrivée, nous délibérerons s'il vaut mieux partir que perdre ici un mois pour rien.

Agénor voulut répliquer. Le connétable était entêté comme un Breton, il ne souffrit pas de réponse, ou plutôt ne se laissa pas persuader.

Le lendemain, en effet, arriva don Henri rayonnant de sa victoire.

Il amenait l'armée ivre de joie, et, quand son conseil eut délibéré sur la question de savoir si don Pedro était ou n'était pas à Montiel :

— Je pense comme le connétable, dit le roi ; don Pedro est trop rusé pour avoir visiblement couru s'enfermer dans une place sans issue. Il faut donc laisser ici une faible garnison pour inquiéter Montiel, forcer le château à capituler, et ne pas laisser derrière soi une place fière de n'avoir pas été prise ; mais nous, nous passerons outre, nous avons, Dieu merci, plus à faire, et don Pedro n'est pas là.

Agénor était présent à la discussion.

— Seigneur, dit-il, je suis bien jeune et bien inexpérimenté pour élever la voix au milieu de tant de vaillans capitaines, mais ma conviction est telle que rien ne saurait l'ébranler. J'ai reconnu Caverley poursuivant le roi, et Caverley a été tué ! J'ai vu don Pedro entrer dans Montiel, j'ai reconnu son cimier brisé, son écu brisé, ses éperons d'or sanglans.

— Et pourquoi Caverley lui-même n'aurait-il pas été

trompé? J'ai bien changé d'armes, à Navarette avec un fidèle chevalier, répliqua don Henri, don Pedro ne peut-il avoir fait de même ?...

Cette dernière réponse obtint l'assentiment général. Agénor se vit encore une fois battu.

— J'espère que vous êtes persuadé? lui dit le roi.

— Non, sire, répliqua-t-il humblement, mais je ne puis rien contre les sages idées de Votre Majesté.

— Il faut vous convaincre, sire de Mauléon, il faut vous convaincre.

— Je vais tâcher, dit le jeune homme, avec une douleur qu'il ne pouvait dissimuler.

En effet, quelle cruelle position pour cet amant si tendre. Don Pedro était enfermé près d'Aïssa, don Pedro, exaspéré par sa défaite, et n'ayant plus rien à ménager. Avec l'image d'une mort prochaine, comment ce prince sans foi n'aurait-il pas cherché à faire précéder son agonie d'une dernière volupté, comment aurait-il laissé intacte et au pouvoir d'un autre la jeune fille qu'il aimait et que la violence pouvait mettre entre ses bras ?

D'ailleurs, Mothril n'était-il pas là, cet artisan de ruses odieuses, capable de tout pour faire faire un pas de plus à sa politique sanguinaire et avide?

Voilà ce qui rendait Agénor fou de colère et de chagrin. Il comprit qu'en gardant plus longtemps son secret, il s'exposait à laisser partir don Henri, l'armée, le connétable, et qu'alors don Pedro, très supérieur en esprit et en talent aux lieutenans dégoûtés d'ailleurs qu'on laisserait devant Montiel, réussirait à s'évader après avoir sacrifié Aïssa au caprice d'un moment d'ennui.

Il prit tout à coup sa résolution, et demanda au roi un secret entretien.

— Seigneur, lui dit-il alors, voici pourquoi don Pedro s'est réfugié dans Montiel, malgré toutes les apparences. C'est un secret que je gardais, car il est mien ; mais je dois le livrer pour l'intérêt de votre gloire. Don Pedro aime passionnément Aïssa, fille de Mothril. Il veut l'épouser. C'est pour cela qu'il a souffert que Mothril assassinât dona Maria de Padilla, comme pour Maria il avait fait tuer madame Blanche de Bourbon.

— Eh bien ! dit le roi, Aïssa est donc dans Montiel ?

— Elle y est, répliqua Agénor.

— Encore une chose dont vous n'êtes pas plus sûr que de l'autre, mon ami.

— J'en suis sûr, seigneur, parce qu'un amant sait toujours où est sa maîtresse chérie.

— Vous aimez Aïssa, une Moresque ?

— Je l'aime passionnément, monseigneur, comme don Pedro, avec cette réserve que pour moi Aïssa se fera chrétienne, tandis qu'elle se tuera si don Pedro veut la posséder.

Agénor avait pâli en prononçant ces mots, car il n'y croyait pas, le pauvre chevalier, et cette idée le désespérait. D'ailleurs, Aïssa se fût-elle tuée pour n'être pas déshonorée, elle était toujours perdue pour lui.

Cet aveu jeta don Henri dans une perplexité profonde.

— Voilà une raison, murmura-t-il ; seulement, racontez-moi comment vous savez qu'Aïssa est à Montiel.

Agénor raconta de point en point la mort d'Hafiz, et les détails de la blessure d'Aïssa.

— Avez-vous un projet, voyons ? dit le roi.

— J'en ai un, seigneur, et si Votre Majesté veut me prêter son aide, je remettrai don Pedro entre ses mains, avant huit jours, comme la dernière fois je lui en ai donné des nouvelles certaines.

Le roi fit venir le connétable, auquel Agénor raconta de nouveau tout ce qu'il avait dit.

— Je ne crois pas davantage qu'un prince aussi rusé, aussi dur, se laisse prendre par l'amour d'une femme, répliqua le connétable, mais le sire de Mauléon a ma parole de l'aider en ce qui lui ferait plaisir, je l'aiderai.

— Laissez donc la place investie, dit Agénor, faites creuser un fossé tout autour, et avec la terre de ce fossé, élevez un retranchement derrière lequel seront cachés, non pas des soldats, mais de vigilans et habiles officiers.

Moi et mon écuyer, nous nous logerons dans un endroit que nous connaissons, et d'où l'on entend tous les bruits de la place. Don Pedro, s'il voit une forte armée de siége, va croire qu'on sait son arrivée à Montiel, et il se défiera ; or, la défiance est le salut d'un homme aussi habile et aussi dangereux. Faites partir pour Tolède toutes vos troupes, en ne laissant au rempart de terre que deux mille hommes, bien suffisans pour investir le château et soutenir une sortie.

Quand don Pedro croira qu'on fait négligemment la garde, il essaiera de sortir, je vous en préviendrai.

A peine Agénor avait-il développé son plan et réussi à captiver l'attention du roi, que l'on vint annoncer, de la part du gouverneur de Montiel, un parlementaire au connétable.

— Qu'on le fasse entrer ici-même, dit Bertrand, et qu'il s'explique.

C'était un officier espagnol, nommé Rodrigo de Sanatrias. Il annonçait au connétable que la garnison de Montiel voyait avec inquiétude un déploiement de forces con-

10.

sidérables. Que les trois cents hommes renfermés dans le château avec un seul officier, ne voulaient pas lutter bien longtemps, puisqu'il n'y avait plus d'espoir depuis le départ et la défaite de don Pedro...

A ces mots le connétable et le roi regardèrent Agénor comme pour lui dire : — Voyez-vous qu'il n'y est pas?

— Vous vous rendriez donc? demanda le connétable.

— Comme des braves gens, oui messire, après un certain temps, parce qu'il ne faut pas que le roi don Pedro nous accuse à son retour d'avoir trahi sa cause sans coup férir.

— On disait le roi chez vous, demanda don Henri.

L'Espagnol se mit à rire.

— Le roi est bien loin, dit-il, et que serait-il venu faire ici, où des gens investis comme vous nous investissez n'ont qu'à mourir de faim ou à se rendre.

Nouveau regard du connétable et du roi à l'adresse d'Agénor.

— Que demandez-vous positivement alors ? interrogea Duguesclin, formulez vos conditions.

— Une trêve de dix jours, dit l'officier, pour que don Pedro ait le temps de venir nous secourir. Après quoi nous nous rendrons.

— Ecoutez, dit le roi; vous assurez positivement que don Pedro n'est pas dans la place ?

— Positivement, monseigneur, sans quoi nous ne demanderions pas à sortir. Car en sortant vous nous verrez tous, et par conséquent vous reconnaîtrez le roi. Or, si nous avions menti vous nous puniriez ; et si vous preniez le roi, sans doute vous ne le ménageriez pas ?

Cette dernière phrase était une question, — le connétable n'y répondit pas. Henri de Transtamare eut assez de

force pour éteindre l'éclat sanglant que cette supposition
de la prise de don Pedro fit luire dans ses yeux.

— Nous vous accordons la trêve, dit le connétable, seulement nul ne sortira du château.

— Mais nos vivres, seigneur? dit l'officier.

— On vous les fournira. Nous irons chez vous, mais
vous ne sortirez point.

— Ce n'est pas une trêve ordinaire, alors, murmura l'officier.

— Pourquoi voudriez-vous sortir? pour vous sauver?
mais puisque nous vous donnons après dix jours la vie
sauve.

— Je n'ai plus rien à dire, répliqua l'officier, j'accepte;
ai-je votre parole, messire?

— Puis-je la donner, seigneur? demanda Bertrand au
roi Henri.

— Donnez, connétable.

— Je la donne, répondit Duguesclin, dix jours de trêve
et la vie sauve pour toute la garnison.

— Toute?...

— Il va sans dire, s'écria Mauléon, qu'il n'y a pas de
restrictions, puisque vous annoncez vous-même que don
Pedro n'est pas dans la place.

Ces mots échappèrent au jeune homme malgré le respect qu'il devait à ses deux chefs, et il s'applaudit de les
avoir prononcés, car une pâleur visible passa comme un
nuage sur les traits de don Rodrigo de Sanatrias.

Il salua et se retira.

Quand il fut parti :

— Etes-vous convaincu? demanda le roi, jeune entêté,
pauvre amant...

— Convaincu que don Pedro est à Montiel, oui sire, et que vous l'aurez entre les mains dans huit jours.

— Ah ! s'écria le roi, voilà ce qui s'appelle de l'opiniâtreté.

— Il n'est pas Breton pourtant, dit Bertrand en riant.

— Messeigneurs, don Pedro joue le même jeu que nous voulions jouer. Sûr de ne pouvoir échapper par la force, il essaie de la ruse. Vous voilà persuadés selon lui qu'il est dehors, vous accordez une trève, vous faites nonchalamment la garde ; eh bien ! il va passer ; oh ! je vous le dis, il va passer et fuir ; mais nous serons là, j'espère. Ce qui vous prouve à vous qu'il est hors Montiel me prouve à moi qu'il est dedans.

Agénor quitta la tente du roi et du connétable avec une ardeur facile à concevoir.

— Musaron, dit-il, cherche la plus haute tente de l'armée et attache-s-y ma bannière de façon à ce qu'elle soit parfaitement vue du château. Aïssa la connaît, elle la verra, elle me saura près d'elle, et conservera tout son courage.

Quant à nos ennemis, voyant mon pennon sur le retranchement, ils me croiront là, et ne soupçonneront pas que nous allons nous glisser de nouveau dans la grotte de la source. Allons mon brave Musaron, allons ! ce suprême effort, nous touchons au but.

Musaron obéit, la bannière de Mauléon flotta orgueilleusement au-dessus des autres.

XXII.

LA RUSE DU VAINCU.

Le roi Henri partit de devant Montiel avec le connétable et l'armée.

Il ne resta plus que deux mille Bretons et Le Bègue de Vilaine autour des retranchemens de terre.

L'amour avait inspiré Mauléon. Chacune de ses réflexions était frappée au coin de la vérité.

Il parlait en effet comme s'il eût entendu tout ce qui s'était passé dans le château.

A peine arrivé après la bataille, don Pedro, hors d'haleine, suffoqué, écumant de rage, se jeta sur un tapis dans la chambre de Mothril, et demeura immobile, muet, inabordable, avec des efforts surhumains pour concentrer au fond de son cœur la fureur et le désespoir qui bouillonnaient en lui.

Tous ses amis morts! sa belle armée détruite! tant d'espérances de vengeance et de gloire anéanties en l'espace que met le soleil à faire le tour de l'horizon !

Désormais plus rien ! La fuite, l'exil, la misère ! Des combats de partisans, honteux et sans fruit. Une mort indigne sur un indigne champ de bataille.

Plus d'amis ! Ce prince, qui n'avait jamais aimé, éprouvait les plus cruelles douleurs à douter de l'affection des autres.

C'est que les rois, pour la plupart, confondent le respect qu'on leur doit avec l'affection qu'ils devraient inspirer. Ayant l'un, ils se passent de l'autre.

Don Pedro vit entrer dans sa chambre Mothril sillonné de taches rougeâtres. Son armure était criblée de trous, par quelques-uns sortait un sang qui n'était pas celui de ses ennemis.

Le More était livide. Il couvait dans ses yeux une farouche résolution. Ce n'était plus le soumis, le rampant Sarrasin ; c'était un homme fier et intraitable, qui allait s'adresser à son égal.

— Roi don Pedro, dit-il, tu es donc vaincu ?

Don Pedro releva la tête et lut dans les yeux froids du More toute la transfiguration de son caractère.

— Oui, répliqua don Pedro, et pour ne plus m'en relever.

— Tu désespères, fit Mothril, ton Dieu ne vaut donc pas le nôtre. Moi, qui suis vaincu aussi, et blessé, je ne désespère pas, j'ai prié, me voilà fort.

Don Pedro baissa la tête avec résignation.

— C'est vrai, dit-il, j'avais oublié Dieu.

— Malheureux roi ! tu ne sais pourtant pas le plus grand de tes malheurs. Avec la couronne tu vas perdre la vie.

Don Pedro tressaillit, et lança un regard terrible à Mothril.

— Tu vas m'assassiner? dit-il.

— Moi! moi ton ami! tu deviens fou, roi don Pedro. Tu as bien assez d'ennemis sans moi, et je n'aurais pas besoin, si je voulais ta mort, de tremper mes mains dans ton sang. Lève-toi, et viens regarder avec moi la plaine.

En effet, la plaine se garnissait de lances et de cuirasses, qui, s'enflammant aux rayons du soleil couchant, formaient peu à peu autour de Montiel un cercle de feu de plus en plus resserré.

— Cernés! nous sommes perdus! vois-tu bien, don Pedro, dit Mothril. Car ce château, inexpugnable si l'on avait des vivres, ne peut nourrir la garnison, ni toi-même; or, on t'enveloppe, on t'a vu... tu es perdu.

Don Pedro ne répondit pas sur-le-champ.

— On m'a vu... Qui m'a vu?

— Crois tu que ce soit pour prendre Montiel, cette masure, inutile que la bannière du Bègue de Vilaine s'arrête ici... et tiens, vois là-bas les pennons du connétable qui arrive; a-t-il besoin de Montiel, le connétable? Non, c'est toi qu'on cherche; oui, c'est toi qu'on veut.

— On ne m'aura pas vivant, dit don Pedro.

Mothril ne répondit rien à son tour. Don Pedro reprit avec ironie:

— Le fidèle ami, l'homme plein d'espoir! qui n'en a pas même assez pour dire à son roi: Vivez et espérez.

— Je cherche le moyen, dit Mothril, de te faire sortir d'ici.

— Tu me proscris?

— Je veux sauver ma vie; je veux ne pas être forcé de

tuer dona Aïssa, de peur qu'elle ne tombe au pouvoir des chrétiens.

Le nom d'Aïssa fit monter le rouge au front de don Pedro.

— C'est pour elle, murmura-t-il, que je me suis pris au piége. Sans le désir de la revoir, je courais jusqu'à Tolède. Tolède peut se défendre, elle... on n'y meurt pas de faim. Les Tolédans m'aiment et se font tuer pour moi. Je pouvais sous Tolède donner une dernière bataille, et trouver une mort glorieuse, qui sait, celle de mon ennemi le bâtard d'Alphonse, celle de Henri de Transtamare. Une femme m'a conduit à ma ruine.

— J'eusse aimé mieux te voir à Tolède, dit froidement le More, car j'eusse arrangé les affaires en ton absence... et les miennes.

— Au lieu qu'ici tu ne feras rien pour moi, s'écria don Pedro dont la fureur commençait à prendre un libre cours. Eh bien! misérable, je finirai mes jours ici, soit, mais je t'aurai puni de tes crimes et de ta déloyauté, j'aurai savouré un dernier bonheur. Aïssa, que tu m'as offerte comme un leurre, m'appartiendra cette nuit même.

— Tu te trompes, dit le More avec calme, Aïssa ne t'appartiendra pas...

— Oublies-tu que je commande ici à trois cents guerriers ?

— Oublies-tu que tu ne peux sortir de cette chambre sans ma volonté, que je t'étendrai mort à mes pieds si tu bouges, et que je jetterai ton corps aux soldats du connétable, lesquels accueilleront mon présent avec des transports de joie ?

— Un traître ! murmura don Pedro.

— Fou! aveugle! ingrat! s'écria Mothril, dis donc un

sauveur. Tu peux fuir, tu peux tout reprendre avec la liberté, fortune, couronne, renommée ; fuis donc, et sans perdre de temps, n'irrite pas encore Dieu par des débauches, par des exactions, et n'injurie pas le seul ami qui te reste.

— Un ami ! qui me parle ainsi !

— Aimerais-tu mieux qu'il te flattât pour te livrer ?...

— Je me résigne... Que veux-tu faire ?

— Je vais envoyer un héraut à ces Bretons qui te guettent... Ils te croient ici, — détrompons-les. Si nous les voyons perdre l'espoir d'une si riche capture, profiton des momens, évade-toi à la première occasion que te donnera leur négligence. Voyons, as-tu ici un homme dévoué, intelligent, que tu puisses leur envoyer ?

— J'ai Rodrigo Sanatrias, un capitaine qui me doit tout.

— Ce n'est pas une raison. Espère-t-il encore quelque chose de toi ?

Don Pedro sourit avec amertume.

— C'est vrai, dit-il, on n'a d'amis que ceux qui espèrent. Eh bien ! je le ferai espérer.

— A la bonne heure, qu'il vienne !

Mothril, tandis que le roi appelait Sanatrias, fit monter quelques Mores qu'il plaça en surveillance autour de la chambre d'Aïssa.

Don Pedro passa une partie de la nuit à discuter avec l'Espagnol les moyens d'entrer en pourparlers avec l'ennemi. Rodrigo était aussi ingénieux que fidèle ; il comprenait d'ailleurs que le salut de don Pedro faisait le salut de tous, et que, pour avoir le roi vaincu, les vainqueurs sacrifieraient dix mille hommes, démoliraient le rocher, feraient tout périr par le fer et la faim, mais arriveraient à eur but.

Au jour, don Pedro vit avec désespoir les bannières de don Henri de Transtamare.

Pour déranger un roi de sa route et un connétable de ses plans, on était donc assuré de prendre, dans Montiel, autre chose qu'une garnison.

Don Pedro expédia aussitôt Rodrigo Sanatrias, lequel fit sa commission avec l'adresse et le succès que nous avons vus.

Il rapporta au château des nouvelles qui comblèrent de joie tous les prisonniers.

Don Pedro ne cessait de lui demander des détails, il tirait de chacun des inductions favorables ; le départ des troupes du roi et du connétable acheva de lui prouver combien le conseil du More avait été prudent et efficace.

— A présent, dit Mothril, nous n'avons plus à craindre qu'un ennemi ordinaire. Vienne une nuit sombre, et nous sommes sauvés.

Don Pedro ne se possédait plus de joie ; il était devenu affectueux. communicatif avec Mothril.

— Écoute, lui avait-il dit, je vois que je t'ai mal traité, tu mérites mieux que d'être un ministre de roi déchu. J'épouserai Aïssa, je m'unirai à toi par les liens les plus forts.

Dieu m'a abandonné, j'abandonnerai Dieu. Je me ferai l'adorateur de Mahomet, puisque c'est lui qui me sauve par ta voix. Les Sarrasins m'ont vu à l'œuvre, ils savent si je suis bon capitaine et vaillant soldat; je les aiderai à reconquérir l'Espagne, et, s'ils me jugent digne de les commander, je replacerai sur le trône des Castilles un roi mahométan pour faire honte à la Chrétienté qui s'occupe de querelles intestines au lieu de prendre sérieusement l'intérêt de la religion.

Mothril écoutait avec une sombre défiance les promesses dictées par la peur ou par l'enthousiasme.

— Sauve-toi toujours, disait-il, puis nous verrons.

— Je veux, répliqua don Pedro, que tu aies de mes promesses un gage plus assuré que la simple parole. Fais venir Aïssa devant toi, je lui engagerai ma foi, tu écriras mes promesses et je les signerai, nous ferons ensemble une alliance au lieu d'un arrangement.

Don Pedro avait retrouvé, en s'engageant ainsi, toute sa ruse, toute sa force d'autrefois. Il sentait bien qu'en rendant à Mothril l'espoir d'un avenir, il l'empêchait d'abandonner entièrement sa cause, et que sans cet espoir Mothril était homme à le livrer aux ennemis.

De son côté, Mothril avait eu la même pensée ; mais il voyait jour à sauver don Pedro, c'est à dire à rallumer une guerre dont tout le fruit serait pour sa cause ; tandis que, don Pedro pris ou mort, les Sarrasins n'avaient plus de prétexte pour entretenir une guerre ruineuse contre des ennemis désormais invincibles.

Don Pedro était un habile capitaine, Mothril le savait bien. Don Pedro connaissait les ressources des Mores, il pouvait, se réconciliant avec les chrétiens, leur faire un mal incalculable.

D'ailleurs, Mothril avait avec lui la solidarité du crime et de l'ambition, liens mystérieux, puissans, dont on ne peut sonder l'étendue et la force.

Il écouta donc favorablement don Pedro et lui dit :

— J'accepte avec reconnaissance vos offres, mon roi, et je vous mettrai en état de les réaliser. Vous voulez voir Aïssa, je vous la montrerai ; seulement, n'alarmez point sa modestie par des discours trop passionnés, songez qu'elle est convalescente à peine d'une maladie cruelle...

— Je songerai à tout, répondit don Pedro.

Mothril alla chercher Aïssa, qui s'inquiétait de ne pas avoir de nouvelles de Mauléon. Les bruits d'armes, les pas des serviteurs et des soldats, lui annonçaient l'imminence du danger, mais avant tout ce qu'elle redoutait, c'était l'arrivée de don Pedro ; et elle ignorait cette arrivée.

Mothril, qui lui avait fait tant de promesses, dut encore lui mentir. Il avait à redouter qu'elle ne trahît devant le roi la scène de la mort de Maria Padilla. Cette entrevue était redoutable, mais il ne pouvait la refuser au roi.

Il avait jusque là évité toute explication ; mais cette fois don Pedro allait interroger, Aïssa allait parler...

— Aïssa, dit-il à la jeune fille, je viens vous annoncer que don Pedro est vaincu, caché dans ce château.

Aïssa pâlit.

— Il veut vous voir et vous parler, ne le lui refusez pas, car il commande ici... d'ailleurs il va partir ce soir... il vaut mieux rester avec lui en bonne intelligence.

Aïssa parut croire aux paroles du More. Cependant une douloureuse agitation l'avertissait qu'un nouveau malheur l'attendait.

— Je ne veux pas parler au roi, dit-elle, ni le voir avant que d'avoir revu le sire de Mauléon que vous m'avez promis d'amener ici vainqueur ou vaincu.

— Mais don Pedro attend...

— Que m'importe !

— Il commande, vous dis-je.

— J'ai un moyen de me soustraire à son autorité ; vous le connaissez bien... Que m'avez-vous promis ?...

— Je tiendrai mes promesses, Aïssa, mais aidez-moi.

— Je n'aiderai personne à tromper.

— C'est bien ; livrez ma tête alors... je suis prêt à la mort.

Cette menace avait toujours son effet sur Aïssa. Habituée aux façons expéditives de la justice arabe, elle savait qu'un geste du maître fait tomber une tête ; elle pouvait croire celle de Mothril fort compromise.

— Que me dira le roi ? demanda-t-elle, et comment me parlera-t-il ?

— En ma présence...

— Ce n'est pas assez ; je veux qu'il y ait du monde présent à l'entretien.

— Je vous le promets.

— Je veux en être sûre.

— Comment ?

— Cette chambre où nous sommes donne sur la plate-forme du château. Garnissez d'hommes cette plate-forme ; que mes femmes m'accompagnent. Ma litière étant amenée là, j'écouterai ce que me dira le roi.

— Il sera fait comme vous désirez, dona Aïssa.

— Maintenant, que me dira don Pedro?

— Il vous proposera de vous épouser.

Aïssa fit un geste violent de dénégation.

— Je le sais bien, interrompit Mothril ; mais laissez-le dire... Songez que ce soir il part.

— Mais je ne répondrai pas.

— Vous répondrez avec courtoisie, au contraire, Aïssa... Voyez tous ces hommes d'armes, Espagnols et Bretons, qui entourent le château ; ces gens doivent nous prendre par la violence et nous mettre à mort s'ils trouvent le roi avec nous. Laissons partir don Pedro pour nous sauver.

— Mais le sire de Mauléon ?

— Il ne pourrait nous sauver si don Pedro était là.

Aïssa interrompit Mothril.

— Vous mentez, dit-elle, et vous ne pouvez même me flatter de le réunir à moi. Où est-il? que fait-il? vit-il?

A ce moment Musaron, par ordre de son maître, élevait en l'air la bannière bien connue d'Aïssa.

La jeune fille aperçut ce signal chéri. Elle joignit les mains avec extase et s'écria :

— Il me voit! il m'entend... Pardonnez-moi, Mothril, je vous avais soupçonné à tort... Allez donc dire au roi que je vous suis.

Mothril tourna les yeux sur la plaine, vit l'étendard, le reconnut, pâlit et balbutia :

— J'y vais.

Puis avec fureur :

— Chrétien maudit ! s'écria-t-il dès qu'Aïssa ne put l'entendre, tu me poursuivras donc toujours ! Oh ! je t'échapperai.

XXIII.

ÉVASION.

Don Pedro reçut Aïssa sur la plate-forme au milieu des témoins qu'elle avait désirés.

Son amour s'exprima sans emphase, ses désirs étaient bien refroidis par la préoccupation de l'évasion prochaine.

Aïssa n'eut donc rien à reprocher à Mothril en cette circonstance ; et d'ailleurs, elle ne cessa de regarder pendant toute la conférence cette bienheureuse bannière de Mauléon, qui flottait resplendissante au soleil à l'extrémité des retranchemens.

Aïssa voyait sous cette bannière un homme d'armes que de loin elle pouvait prendre pour Agénor ; ainsi l'avait calculé notre chevalier.

Trouvant ainsi moyen de rassurer Aïssa en lui décélant sa présence, et Mothril en éloignant ses soupçons de toute entreprise cachée, don Pedro avait décidé que trois de ses

amis les plus dévoués se tiendraient prêts à aller recon-
naitre la nuit les remparts de terre.

Il y avait bien un point du rempart plus négligemment
gardé que les autres, c'était le côté du rocher qui descend
à pic dans un ravin. Plusieurs avis conseillaient au roi de
fuir par là le long d'un câble qu'on attacherait aux fenêtres d'Aïssa, mais une fois en bas, le roi n'aurait pas de
cheval pour s'éloigner rapidement.

On se résolut donc à sonder ces remparts à l'endroit le
plus faible et à se frayer là un chemin par où, les sentinelles écartées ou poignardées, le roi fuirait monté sur un
bon cheval.

Mais le soleil du jour promettait une nuit claire, ce qui
nuisait à l'exécution du projet.

Tout à coup, comme si la fortune se fût décidée à favo-
riser chaque désir de don Pedro, un vent d'ouest souleva
les brûlans tourbillons de sable de la plaine, et des nuages
cuivrés, allongés en grandes banderolles, parurent du fond
de l'horizon comme l'avant-garde d'une armée terrible.

A mesure que le soleil s'éteignait derrière les tours de Tolède, ces nuages épaissis noircissaient et enveloppaient le
ciel comme dans un sombre manteau.

Une pluie abondante tomba vers les neuf heures du soir.

Agénor et Musaron étaient venus, aussitôt après le coucher du soleil, s'ensevelir côte à côte dans leur cachette de
la source.

Les hommes choisis du Bègue de Vilaine s'étaient creu-
sés sous la paroi extérieure du rempart un abri dans la
terre desséchée par le soleil du jour, en sorte qu'il y avait
autour de Montiel un cordon non interrompu de ces hommes cachés.

En apparence, et d'après l'ordre d'Agénor qui avait pris

l'initiative en tout depuis le départ du connétable, des sentinelles debout de loin en loin gardaient ou semblaient garder la ligne de circonvallation.

La pluie avait forcé les sentinelles à s'envelopper de manteaux ; quelques-unes s'étaient couchées dans ces manteaux.

A dix heures, Agénor et Musaron entendirent le roc tressaillir sous des pas d'hommes.

Ils écoutèrent plus attentivement, et finirent par voir passer trois officiers de don Pedro qui, avec mille précautions, et plutôt rampant que marchant, exploraient le rempart à un endroit désigné d'avance.

On avait à dessein éloigné de cet endroit la sentinelle. Il n'y avait que l'officier caché sous le revêtement de terre à l'extérieur.

Les officiers virent que ce côté n'était pas gardé. Ils se communiquèrent avec joie cette découverte, et Agénor les entendit s'applaudir en remontant l'escalier rapide.

L'un deux dit à demi-voix :

— Il fait glissant, et les chevaux auront peine à tenir pied en descendant.

— Oui, mais ils courront mieux en plaine, répondit un autre.

Ces mots emplirent de joie le cœur d'Agénor.

Il envoya Musaron aux retranchemens annoncer au plus voisin officier breton qu'il allait se passer quelque chose de nouveau.

L'officier couché, communiqua la nouvelle à son voisin, lequel en fit autant, et tout autour de Montiel courut le renseignement donné par Agénor.

Une demi-heure ne s'était pas écoulée qu'Agénor enten-

11.

dit au sommet de la plateforme le sabot d'un cheval heurter le roc.

Il lui sembla que ce bruit égratignait son cœur, tant l'impression fut vive et douloureuse.

Le bruit s'approchait ; d'autres pas de chevaux se faisaient entendre, mais perceptibles pour Agénor et Musaron seuls.

En effet, le roi avait donné ordre qu'on enveloppât d'étoupes la corne des chevaux pour qu'elle résonnât moins fort.

Le roi venait le dernier ; une petite toux sèche, qu'il ne put retenir, trahit sa présence.

Il marchait à grand'peine, soutenant par la bride son cheval qui glissait des pieds de derrière dans la rapide descente.

A mesure que les fugitifs passaient devant la grotte, Musaron et Agénor les reconnaissaient. Quand ce fut au tour de don Pedro, ils virent parfaitement son visage pâle, mais assuré.

Arrivés au retranchement, les deux premiers fugitifs montèrent à cheval et franchirent le parapet, mais ils avaient à peine fait dix pas qu'ils tombaient dans une fosse préparée, où vingt hommes d'armes les bâillonnant les enlevèrent sans bruit.

Don Pedro, qui ne se doutait de rien, sauta en selle à son tour ; tout à coup il fut saisi par Agénor qui l'étreignit de deux bras nerveux, tandis que Musaron lui serrait la bouche avec une ceinture.

Cela fait, Musaron pique d'un coup de dague le cheval qui bondit par dessus le retranchement et s'enfuit, en faisant entendre un galop rapide sur le terrain rocailleux.

Don Pedro se débattait avec la vigueur du désespoir.

— Prenez garde, lui dit Agénor à l'oreille, je vais être forcé de vous tuer si vous faites du bruit.

Don Pedro réussit à faire entendre ces mots étranglés :

— Je suis le roi ! traite-moi en chevalier !

— Je sais bien que vous êtes le roi, dit Agénor, et je vous attendais ici. Foi de chevalier ! vous ne serez pas maltraité.

Il prit le prince sur ses robustes épaules, et traversa ainsi la ligne de retranchemens, au milieu des officiers qui bondissaient de joie.

— Silence ! silence ! dit Agénor, pas d'éclat, messieurs, pas de cris ! J'ai fait les affaires du connétable ; ne faites pas manquer les miennes.

Il porta son prisonnier dans la tente de Le Buègue de Vilaine, qui lui sauta au cou et l'embrassa tendrement.

— Vite ! vite ! s'écria ce capitaine, des courriers au roi, qui est devant Tolède ; des courriers au connétable, qui tient la campagne, pour lui apprendre que la guerre est finie.

XXIV.

DIFFICULTÉ.

Tandis que tout le camp des Bretons passait la nuit dans l'ivresse du triomphe, et don Pedro dans les angoisses de la terreur, des cavaliers, montés sur les meilleurs chevaux de l'armée, allaient prévenir don Henri et le connétable.

Agénor avait passé la nuit près du prisonnier qui, se renfermant dans un farouche silence, refusait toute consolation comme tout soulagement.

On ne pouvait laisser lié un roi, un capitaine : on délia donc le prisonnier, après lui avoir fait jurer sa parole de gentilhomme qu'il ne ferait aucun effort pour fuir.

—Mais, dit Le Bègue à ses officiers, on sait ce que vaut la parole du roi don Pedro ; doublez le poste, et que la tente soit entourée de façon à ce qu'il ne puisse même penser à fuir.

On trouva le connétable à trois lieues de Montiel, chassant devant lui, comme des troupeaux, les débris de l'armée vaincue l'avant-veille, et complétant, par un butin de prisonniers à riche rançon, le gain de cette importante journée.

Car les Tolédans avaient refusé d'ouvrir leurs portes même aux vaincus leurs alliés, tant ils craignaient une supercherie en usage dans les temps barbares, où la ruse prenait autant de places que la force.

Le connétable n'eut pas plutôt appris la nouvelle qu'il s'écria :

— Ce Mauléon avait plus d'esprit que nous !

Et il poussa son cheval vers Montiel avec une joie difficile à décrire.

A peine arrivé, — déjà le jour naissant argentait les cimes des montagnes, — le connétable prit dans ses bras Mauléon, modeste dans son triomphe.

— Merci, lui dit-il, messire, pour votre courageuse persévérance et pour votre perspicacité. Où est le prisonnier ? ajouta-t-il.

— Dans la tente de Le Bègue de Vilaine, répliqua Mauléon; mais il dort ou feint de dormir.

— Je ne veux pas le voir, dit Bertrand : il convient que la première personne avec qui don Pedro s'entretiendra soit Henri, son vainqueur et son maître. A-t-on mis bonne garde ? Il ne faut à certains esprits malfaisans qu'une bonne prière au démon pour être délivrés.

— Il y a trente chevaliers autour de la tente, messire, répondit Agénor. Don Pedro n'échappera point, à moins qu'un ange de Satan ne le tire par les cheveux, comme autrefois le prophète Habacuc : encore le verrons-nous partir...

— Et je lui enverrai au milieu des airs, dit Musaron, un

carrelet qui le fera arriver en enfer avant l'ange des ténèbres.

— Qu'on me dresse un lit de camp devant la tente, commanda le connétable. Je veux, comme les autres, garder le prisonnier pour le présenter moi-même à don Henri.

On obéit au connétable, et son lit, lit de planches et de bruyères, fut dressé à la porte même de la tente.

— A propos, dit Bertrand, c'est presque un mécréant ; il est capable de se tuer ; lui a-t-on ôté ses armes ?

— On n'a pas osé, seigneur ; c'est une tête sacrée. Il a été proclamé roi devant l'autel de Dieu.

— C'est juste : d'ailleurs on lui doit, jusqu'aux premiers ordres de don Henri, tout respect et toute assistance.

— Vous voyez, seigneur, dit Agénor, combien cet Espagnol mentait lorsqu'il vous assurait que don Pedro n'était pas à Montiel.

— Aussi ferons-nous pendre cet Espagnol et toute la garnison, dit tranquillement Le Bègue de Vilaine. En mentant il a dégagé de sa parole notre connétable.

—Monseigneur, répliqua vivement Agénor, ces malheureux soldats ne sont coupables de rien lorsqu'un chef ordonne. D'ailleurs s'ils se rendent, vous commettriez un assassinat, et s'ils ne se rendent pas on ne les prendra point.

— On les prendra par famine, répliqua le connétable.

L'idée de voir Aïssa périr de faim emporta Mauléon hors des limites de sa discrétion naturelle.

— Oh ! messeigneurs... dit-il, vous ne commettrez pas une cruauté !

— Nous punirons le mensonge et la déloyauté, dit le

connétable. D'ailleurs ne doit-on pas s'applaudir que ce mensonge nous fournisse l'occasion de punir le Sarrasin Mothril? Je vais envoyer un parlementaire à ce misérable pour lui annoncer que don Pedro est pris; que s'il a été pris, c'est qu'il était dans Montiel ; que par conséquent on m'avait menti, et que pour donner un exemple à tous les félons, la garnison sera décimée se rendant, ou condamnée à périr de faim si elle ne se rend pas.

— Et dona Aïssa? interrompit Mauléon, pâle d'inquiétude et d'amour.

— Nous épargnerons les femmes, bien entendu, répliqua Duguesclin ; car maudit soit l'homme de guerre qui n'épargne pas les vieillards, les petits enfans et les femmes !

— Mais Mothril n'épargnera pas Aïssa, monseigneur; ce ce serait la laisser à quelqu'un après lui : vous ne le connaissez pas, il la tuera... Or, vous m'avez promis de me donner ce que je vous demanderais, messire : je vous demande la vie d'Aïssa.

— Et je vous l'accorde, mon ami ; mais comment ferez-vous pour la sauver ?

— Je supplierai Votre Seigneurie de n'envoyer à Mothril d'autre parlementaire que moi, de me laisser libre des paroles que je lui dirai... Je réponds ainsi d'une prompte soumission du More et de la garnison... Mais, par pitié, monseigneur, la vie des malheureux soldats ! ils n'ont rien fait.

— Je vois qu'il faut se rendre. Vous m'avez assez servi pour que je n'aie rien à vous refuser. Le roi, de son côté, vous doit autant qu'à moi, puisque vous avez pris don Pedro, sans lequel notre victoire d'hier était incomplète. Je peux donc, en son nom comme au mien, vous donner ce que vous désirez. Aïssa vous appartient, — les soldats, les officiers même de la garnison auront vie et bagues sauves, mais Mothril sera pendu.

— Seigneur...

— Oh ! pour cela, ne demandez pas plus... vous ne l'obtiendrez pas. J'offenserais Dieu si j'épargnais ce scélérat.

— Monseigneur, la première chose qu'il va me demander, c'est s'il aura la vie sauve ; que répondrai-je ?

— Vous répondrez ce que vous voudrez, messire de Mauléon.

— Mais vous l'eussiez épargné, d'après les conditions de la trêve faite avec Rodrigo Sanatrias.

— Lui ! jamais. J'ai dit la garnison ; — Mothril est un Sarrasin, je ne le compte pas parmi les défenseurs du château ; d'ailleurs, c'est un compte à régler entre moi et Dieu, vous dis-je. Une fois que vous aurez dona Aïssa, mon ami, rien ne vous regarde plus. Laissez-moi faire.

— Encore une fois, messire, laissez moi vous supplier.

— Oui, ce Mothril est un misérable ; oui, Dieu aurait pour agréable son châtiment ; mais il est désarmé, il ne peut plus nuire...

— C'est comme si vous parliez à une statue, sire de Mauléon, répondit le connétable. Laissez-moi reposer, je vous prie. — Quant aux paroles que vous porterez à la garnison, je vous laisse libre. — Allez !

Il n'y avait plus à répliquer. Agénor savait bien que Duguesclin, engagé dans un projet, demeurait inflexible et ne retournait pas en arrière.

Il comprenait aussi que Mothril, sachant don Pedro tombé au pouvoir des Bretons, ne ménagerait plus rien, parce qu'il savait qu'on ne l'épargnerait pas.

Mothril, en effet, était un de ces hommes qui savent porter le poids de la haine qu'ils inspirent et en subir les conséquences. Implacable avec autrui, il se résignait à ne pas recevoir de grâce.

D'un autre côté, jamais Mothril ne consentirait à rendre Aïssa. La position d'Agénor était des plus difficiles.

— Si je mens, dit-il, je me déshonore; si je promets à Mothril la vie sans lui tenir parole, je deviens indigne de l'amour d'une femme et de l'estime des hommes.

Il était plongé dans ces cruelles perplexités lorsque les trompettes annoncèrent l'arrivée du roi Henri devant la tente.

Le jour était déjà grand, et l'on voyait du camp la plateforme sur laquelle Mothril et don Rodrigo se promenaient en causant avec vivacité.

— Ce que le connétable ne vous a pas accordé, dit Musaron à son maître qu'il voyait tout triste, le roi Henri vous l'accordera; demandez, — vous obtiendrez. — Qu'importe la bouche qui dise oui, pourvu qu'elle ait dit un *oui* que vous puissiez, sans mentir, reporter à Mothril!

— Essayons, dit Agénor.

Et il alla s'agenouiller auprès de l'étrier de Henri qu'un écuyer aidait à descendre.

— Bonne nouvelle, dit le roi, à ce qu'il paraît?

— Oui, monseigneur.

— Je veux vous récompenser, Mauléon; demandez-moi un comté si vous voulez.

— Je vous demande la vie de Mothril.

— C'est plus qu'un comté, répondit Henri, mais je vous l'accorde.

— Partez vite, monsieur, dit Musaron à l'oreille de son

maître, car le connétable vient, et il serait trop tard s'il
entendait.

Agénor baisa la main du roi qui, mettant pied à terre,
s'écria :

— Bonjour, cher connétable, il paraît que le traître est
à nous?

— Oui, monseigneur, dit Bertrand, qui feignit de ne pas
avoir aperçu Agénor causant avec Henri.

Le jeune homme se mit à courir comme s'il emportait
un trésor. Il avait droit, comme parlementaire désigné, de
prendre avec lui deux trompettes; il les choisit, s'en fit
précéder, et, suivi de l'inséparable Musaron, il gravit le
sentier jusqu'à la première porte du château.

XXV.

DIPLOMATIE DE L'AMOUR.

On ne tarda pas à lui ouvrir, et il put, en avançant dans le chemin, juger des difficultés du terrain.

Quelquefois le sentier n'avait pas plus d'un pied de largeur, et partout le rocher tombait à pic à mesure que l'entonnoir se creusait ; les Bretons, peu accoutumés aux montagnes, sentaient le vertige s'emparer d'eux.

— L'amour nous rend bien imprudens, messire, dit Musaron à son maître. Enfin !... Dieu est au bout de tout.

— Oublies-tu que nos personnes sont inviolables?

— Eh ! monsieur, qu'a-t-il à ménager le More maudit, et que voyez-vous d'inviolable pour lui sur la terre ?

Agénor imposa silence à son écuyer, continua de gravir le chemin, et parvint à la plate-forme où Mothril l'attendait, l'ayant reconnu tandis qu'il montait.

— Le Français ! murmura-t-il, que signifie sa présence au château ?

Les trompettes sonnèrent ; Mothril fit signe qu'il écoutait.

— Je viens, dit Agénor, de la part du connétable, pour te dire ceci : J'avais fait une trève avec mes ennemis, à la condition que personne ne sortirait du château... J'avais accordé la vie sauve à tout le monde, moyennant cette condition ; aujourd'hui, je dois changer d'avis, puisque vous avez manqué à votre parole.

Mothril devint pâle et répliqua :

— En quoi ?

— Cette nuit, continua Agénor, trois cavaliers ont passé le retranchement malgré nos sentinelles.

— Eh bien ! dit Mothril, faisant un violent effort sur lui-même, il faut les punir de mort... car ils se sont parjurés.

— Cela serait aisé, dit Agénor, si on les tenait, mais ils ont fui...

— Comment ne les avez-vous pas arrêtés ? s'écria Mothril, incapable de modérer tout à fait sa joie, après avoir ressenti une si vive inquiétude.

— Parce que nos gardes se fiaient sur votre parole, veillaient moins activement que de coutume, et que, selon le raisonnement du senor Rodrigo que voici, nul de vous n'avait intérêt à fuir, tous ayant la vie sauve...

— Tu conclus ? dit le More.

— En changeant quelque chose aux conditions de la trève.

— Ah ! je m'en doutais, répliqua Mothril amèrement. La clémence des chrétiens est fragile comme un verre ; il faut prendre garde de la briser en buvant. Tu viens nous dire que plusieurs soldats... Sont-ce des soldats... s'étant sauvés de Montiel, tu seras forcé de nous mettre tous à mort.

— Et d'abord, Sarrasin... dit Agénor, blessé de ce reproche et de cette supposition, d'abord tu dois savoir quels sont les fugitifs.

— Comment le saurais-je ?

— Compte ta garnison.

— Ce n'est pas moi qui commande.

— Tu ne fais donc pas partie de la garnison, dit vivement Agénor, tu n'es donc pas compris dans la trève.

— Tu es rusé pour un jeune homme.

— Je le suis devenu par défiance, à force de voir des Sarrasins, mais réponds.

— Je suis le chef en effet, dit Mothril qui craignit de perdre les bénéfices d'une capitulation, s'il y en avait une possible.

— Tu vois que j'avais raison de ruser, puisque tu mentais... Mais ce n'est pas de cela qu'il s'agit. Tu avoues qu'on a violé les conditions.

— C'est toi qui le dis, chrétien.

— Et tu me dois croire, ajouta Mauléon avec hauteur... donc voici l'ordre du connétable, notre chef. La place sera rendue aujourd'hui même, ou le blocus rigoureux commencera.

— Voilà tout? dit Mothril.

— Voilà tout.

— On nous affamera?

— Oui.

— Et si nous voulons mourir ?

— Vous êtes libres.

Mothril regardait Agénor avec une expression particulière, que celui-ci comprit parfaitement.

— Tous ! dit-il, en appuyant sur ce mot.

— Tous, répliqua Mauléon... mais si vous mourez, c'est que vous le voudrez bien... don Pedro ne vous secourra pas, crois-moi.

— Tu crois?

— J'en suis sûr...

— Pourquoi?

— Parce que nous avons une armée à lui opposer, et qu'il n'en a plus ; et qu'avant le jour où il en aura trouvé une, vous serez tous morts de faim.

— Tu raisonnes juste, chrétien.

— Sauvez donc votre vie, puisque la chose est en votre pouvoir.

— Ah ! tu nous offres la vie.

— Je vous l'offre.

— Sur la foi de qui? du connétable?

— Sur la foi du roi qui vient d'arriver.

— En effet, il vient d'arriver, dit Mothril avec inquiétude, mais je ne le voyais pas.

— Regarde sa tente... ou plutôt celle du Bègue de Vilaine.

— Oui... oui... tu es sûr qu'on nous donnera la vie !

— Je te le garantis.

— Et à moi aussi?

— A toi... Mothril, j'ai la parole du roi.

— Nous pourrons nous retirer où il nous plaira ?

— Où il vous plaira.

— Avec suivans, bagages, trésors ?

— Oui, Sarrasin.

— C'est bien beau...

— Tu n'y crois pas... tu es fou, pourquoi te prierionsnous de venir à nous, aujourd'hui, quand, mort ou vif, nous t'aurons, en demeurant ici un mois.

— Oh ! vous pouvez craindre don Pedro.

— Je t'assure que nous ne le craignons pas.

— Chrétien, je vais réfléchir.

— Si dans deux heures tu n'es pas rendu, dit l'impatient jeune homme, regarde-toi comme mort. La ceinture de fer ne s'ouvrira plus.

— Bien ! bien ! Deux heures ! ce n'est pas une grande générosité, dit Mothril en interrogeant l'horizon avec anxiété, comme si du fond de la plaine un sauveur allait surgir.

— Voilà tout ce que tu réponds ? dit Agénor.

— Dans deux heures, balbutia Mothril distrait.

— Oh ! monsieur, il se rendra, vous l'avez persuadé, glissa Musaron à l'oreille de son maître.

Tout à coup Mothril regarda du côté du camp des Bretons avec une attention qu'il ne dissimulait plus.

— Oh ! oh ! murmura-t-il en désignant à Rodrigo la tente du Bègue de Vilaine.

L'Espagnol s'accouda sur le parapet pour mieux voir.

— Tes chrétiens se déchirent entre eux, dit Mothril, à ce qu'il paraît, vois comme on court vers cette tente.

En effet, une foule de soldats et d'officiers couraient vers la tente avec les signes de la plus vive anxiété.

La tente s'agitait comme si elle eût été secouée intérieurement par des lutteurs.

Agénor vit le connétable s'y précipiter avec un geste de colère.

— Il se passe quelque chose d'étrange et d'effrayant dans la tente où est don Pedro, dit-il, partons, Musaron.

L'attention du More était distraite par ce mouvement in-

compréhensible. Celle de Rodrigo l'était plus encore. Agénor profita de leur oubli pour descendre avec ses Bretons
la pente difficile. Au milieu du chemin il entendit un horrible cri montant de la plaine vers le ciel.

Il était temps qu'il arrivât aux barrières ; à peine la dernière porte se fut-elle refermée derrière lui, que la voix
tonnante de Mothril cria :

— Allah ! Allah ! le traître me trompait. Le roi don Pedro a été pris. Allah ! qu'on arrête le Français, et qu'il
nous serve d'ôtage ; aux portes ! fermez ! fermez !

Mais Agénor venait de franchir le retranchement, il était
en sûreté, il pouvait même voir en son entier le terrible
spectacle auquel, du haut de la plate-forme, venait d'as-
sister le More.

— Miséricorde ! dit Agénor en tremblant et en levant
les bras au ciel, une minute de plus nous étions pris et perdus ; ce que je vois là dans cette tente eût excusé Mothril
et ses représailles les plus sanglantes.

XXVI.

CE QUE L'ON VOYAIT DANS LA TENTE DU BÈGUE DE VILAINE.

Le roi don Henri, après avoir quitté Agénor et lui avoir donné la grâce de Mothril, s'essuya le visage et dit au connétable :

— Mon ami, le cœur me bat bien fort. Je vais voir dans l'humiliation celui que je hais mortellement ; c'est une joie mêlée d'amertume, et je ne m'explique pas ce mélange en ce moment.

— Cela prouve, sire, dit le connétable, que le cœur de Votre Majesté est noble et grand ; sans cela il ne contiendrait autre chose que la joie du triomphe.

— Il est bizarre, ajouta le roi, que je n'entre dans cette tente qu'avec défiance, et, je le répète, le cœur serré... Comment est-il ? ..

— Sire, il est assis sur un escabeau, il tient sa tête plongée dans ses deux mains. Il paraît abattu.

Henri de Transtamare fit un signe de la main et chacun s'éloigna.

— Connétable, dit-il tout bas, un dernier conseil, je vous prie. Je veux épargner sa vie, mais faut-il que je l'exile, ou que je l'enferme dans une forteresse ?

— Ne me demandez pas de conseil, sire roi, répliqua le connétable ; car je ne saurais vous en donner un. Vous êtes plus sage que moi, et vous êtes en face d'un frère ; Dieu vous inspirera.

— Vos paroles m'ont fixé sans retour, connétable, merci.

Le roi souleva le pan de la toile qui fermait la tente, et il entra.

Don Pedro n'avait pas quitté la posture que Duguesclin avait dépeinte au roi. Son désespoir seulement n'était plus silencieux : il se trahissait au dehors par des exclamations tantôt sourdes, tantôt bruyantes. On eût dit un commencement de folie.

Le pas d'Henri fit lever la tête à don Pedro.

Sitôt qu'il reconnut son vainqueur à sa contenance majestueuse, et à son cimier fait d'un lion d'or, la fureur s'empara de lui.

— Tu viens, dit-il, tu oses venir !

Henri ne répondit pas, et garda son attitude réservée et son silence.

— Je t'ai bien vainement appelé dans la mêlée, continua don Pedro en s'animant par degrés ; mais tu n'as de courage que pour insulter un ennemi vaincu, et même à ce moment tu caches ton visage pour que je ne voie pas ta pâleur.

Henri défit lentement les agrafes de son casque, et le posa sur une table. Son visage était pâle en effet, mais ses yeux conservaient une sérénité douce et humaine.

Ce calme exaspéra don Pedro. Il se leva :

— Oui, dit-il, je reconnais le bâtard de mon père, celui qui s'est dit roi de Castille, oubliant qu'il n'y aura pas de roi en Castille tant que je vivrai.

Aux sanglans outrages de son ennemi, Henri essaya d'opposer la patience, mais la colère montait par degrés à son front, et des gouttes de sueur froide commençaient à couler de son visage.

— Prenez garde, dit-il d'une voix tremblante ; vous êtes ici chez moi, ne l'oubliez pas. Je ne vous insulte pas, et vous déshonorez votre naissance par des paroles indignes de nous deux.

— Bâtard ! cria don Pedro, bâtard... bâtard !

— Misérable ! tu veux donc déchaîner ma colère ?

— Oh ! je suis bien tranquille, fit don Pedro en s'approchant avec des yeux enflammés, des lèvres livides ; tu ne laisseras pas aller ta colère plus loin que ne l'exige le soin de ta conservation. Tu as peur...

— Tu mens ! vociféra don Henri hors de toute mesure.

Pour réponse, don Pedro saisit Henri à la gorge, et don Henri étreignit don Pedro de ses deux bras.

— Ah ! disait le vaincu, il nous manquait cette bataille ; tu vas voir qu'elle sera décisive.

Ils luttèrent avec tant d'acharnement que la tente fut ébranlée, que les toiles oscillèrent, et qu'au bruit, le connétable, Le Bègue, et plusieurs officiers accoururent.

Ils furent obligés pour entrer de fendre avec leurs épées les toiles de la tente. Les deux ennemis serrés, enlacés comme deux serpens, se tenaient cramponnés aux rideaux mêmes, avec leurs pieds armés d'éperons.

Alors on vit à découvert l'intérieur de cette tente et la lutte meurtrière.

Le connétable poussa un grand cri.

Mille soldats volèrent aussitôt dans la direction de la tente.

Ce fut alors que Mothril put voir du haut de la plate-forme ; c'est alors que Mauléon commença aussi à voir du bout du retranchement.

Les deux adversaires se roulaient et se tordaient en cherchant, chaque fois qu'ils avaient un bras libre, à s'emparer d'une arme.

Don Pedro fut le plus heureux, il parvint à mettre sous lui Henri de Transtamare, et le maintenant avec son genou, il tira de sa ceinture une petite dague pour l'en frapper.

Mais le danger rendit des forces à Henri ; il renversa encore une fois son frère et le tint sur le flanc. Côte à côte tous deux, ils se soufflaient au visage le feu dévorant de leur haine impuissante.

— Il faut en finir, s'écria don Pedro, voyant que nul n'osait les toucher, tant la majesté royale et l'horreur de la situation dominait les assistans. Aujourd'hui, plus de roi de Castille, mais plus d'usurpateur. — Je cesse de régner, mais je suis vengé. — L'on me tuera, mais j'aurai bu ton sang.

Et avec une vigueur inespérée il roula sous lui son frère épuisé par cette lutte, lui serra la gorge et leva la main pour enfoncer la dague.

Alors Duguesclin voyant qu'il fouillait déjà du poignard la cotte de mailles et la cuirasse pour trouver le défaut. Duguesclin saisit de son poignet nerveux le pied de don Pedro, et lui fit perdre l'équilibre. Ce malheureux roula à son tour sous Henri.

— Je ne fais ni ne défais de rois, dit le connétable d'une voix sourde et tremblante, j'aide à mon seigneur.

Henri, ayant pu respirer, avait repris des forces et tiré son coutelas.

Ce fut un éclair. L'acier plongea tout entier dans la gorge de don Pedro, un flot de sang jaillit aux yeux du vainqueur, étouffant le cri terrible qui s'échappait des lèvres de don Pedro.

La main du blessé se détendit, ses yeux s'éteignirent, il laissa aller en arrière son front sinistrement contracté. On entendit sa tête frapper pesamment le sol.

— Oh ! qu'avez-vous fait, dit Agénor qui s'était précipité dans la tente, et regardait, les cheveux hérissés, le cadavre nageant dans le sang, et le vainqueur agenouillé, son arme à la main droite, tandis que de la gauche il essayait de se soutenir.

Un silence effrayant planait sur toute l'assemblée.

Le roi meurtrier laissa tomber son poignard rougi.

On vit alors un ruisseau de sang sortir de dessous le cadavre et courir lentement sur la pente du terrain rocailleux.

Chacun recula devant ce sang qui fumait encore comme s'il eût conservé le feu de la colère et de la haine.

Don Henri, une fois relevé, s'assit dans un coin de la tente, et cacha son visage assombri dans ses deux mains. Il ne pouvait supporter l'éclat du jour et les regards des assistans.

Le connétable, aussi sombre que lui, mais plus énergique, le souleva doucement, et congédia les spectateurs de cette terrible scène.

— Certes, dit-il, mieux eût valu verser ce sang dans la mêlée avec votre épée ou votre hache de guerre. Mais

12.

Dieu fait bien ce qu'il fait, et ce qu'il a fait est accompli.
— Venez, sire, et reprenez courage.

— C'est lui qui a voulu mourir, murmura le roi... J'allais lui pardonner... Veillez à ce que ses restes ne soient pas exposés plus longtemps aux regards... qu'une sépulture honorable...

— Sire, ne songez plus à rien de tout cela... oubliez, — laissez-vous faire notre besogne.

Le roi se retira devant une haie de soldats silencieux, consternés, et s'alla cacher dans une autre tente.

Duguesclin fit venir le prévôt des Bretons.

— Tu vas couper cette tête, dit-il en montrant le corps de don Pedro, et vous Bègue de Vilaine, vous l'expédierez à Tolède. C'est l'usage de ce pays, où du moins les usurpateurs du nom des morts n'ont plus le droit de venir troubler le règne et le repos des vivans.

Il achevait à peine quand un Espagnol de la forteresse vint dire, de la part du gouverneur, que la garnison mettrait bas les armes à huit heures du soir, selon les conditions posées par le parlementaire du connétable.

XXVII.

LA RÉSOLUTION DU MORE.

Toute cette scène, si terrible, si rapide, avait été vue du château de Montiel, grâce à l'écartement des rideaux de la tente et à l'agitation des principaux acteurs.

On a vu que dans l'entrevue d'Agénor et de Mothril, ce dernier, tout en écoutant les propositions du parlementaire, regardait fréquemment du côté de la plaine, où quelque chose semblait attirer son attention.

Agénor essayait de lui faire croire que les Bretons ignoraient les noms des fugitifs de la nuit, il lui faisait croire aussi que les fugitifs n'avaient pu être pris. Cette nouvelle rassurait Mothril sur le sort de don Pedro, car l'obscurité de la nuit avait dû empêcher les gens du château de voir les résultats de l'évasion, et les Bretons avaient observé de garder le plus profond silence en faisant la capture.

Mothril devait donc croire don Pedro en sûreté.

Aussi commença-t-il par dédaigner les propositions de

Mauléon. Mais en regardant vers la plaine il vit trois chevaux errans dans les bruyères, et reconnut à n'en pas douter, parmi eux, lui dont le regard était si sûr, le cheval
blanc et feu de don Pedro, ce noble animal qui avait ra-
mené son maître du champ de bataille de Montiel, et devait l'emporter comme la foudre hors de la portée de ses
ennemis.

Les Bretons, dans leur ivresse, avaient saisi les cavaliers
et oublié les chevaux, qui, se voyant libres et d'ailleurs
effrayés par la précipitation des agresseurs, avaient fui
hors des retranchemens et gagné la campagne.

Tout le reste de la nuit ils avaient erré, broutant et se
jouant; mais au jour, l'instinct, la fidélité peut-être, les
avaient ramenés près du château, c'est là que Mothril les
aperçut.

Ils n'avaient pas repris le chemin circulaire par lequel
ils étaient partis; en sorte que le ravin se trouvait entre
le château et eux, ravin profond, abrupte, qui les arrê-
tait.

Cachés par les saillies des rochers, ils regardaient de
temps en temps Montiel, puis se remettaient à paître dans
les anfractuosités les mousses et les madronios résineux
dont la baie ressemble à la fraise par la couleur et le parfum.

Quand Mothril aperçut ces animaux, il pâlit et conçut des
doutes sur la véracité d'Agénor. C'est alors qu'il se mit à
discuter les conditions, et à se faire promettre la vie pour
lui-même.

Puis tout à coup la scène de la tente lui apparut dans
son horreur. Il reconnut le lion d'or de Henri de Transtamare, la chevelure ardente de don Pedro, son geste énergique et sa vigueur ; il reconnut sa voix quand le dernier

cri, le cri de mort, s'échappa strident et désespéré de sa gorge coupée.

Alors il eût voulu pouvoir tenir Agénor pour s'en faire un ôtage ou pour le déchirer lambeau par lambeau ; alors il désespéra. Alors, voyant qu'on massacrait don Pedro, et ne connaissant ni la cause ni la suite de la discussion, il se dit qu'il était bien perdu, lui, l'instigateur du roi assassiné.

Dès ce moment il comprit toute la tactique d'Agénor.

Celui-ci lui promettait la vie pour le laisser massacrer à la sortie de Montiel, et pour avoir librement, indéfiniment, Aïssa.

— Il est possible que je meure, se dit le More ; toutefois, je tâcherai de vivre, — mais quant à la jeune fille, chrétien maudit, tu ne l'auras pas, ou tu l'auras morte avec moi.

Il convint avec Rodrigo de taire la mort de don Pedro, que seuls ils avaient vue, et fit assembler les officiers de Montiel.

Tous furent d'avis qu'il fallait se rendre.

Mothril essaya vainement de persuader à ces hommes que la mort valait mieux que la discrétion des vainqueurs.

Rodrigo lui-même combattit son dessein.

— On en voulait à don Pedro, dit-il, à d'autres grands peut-être ; mais nous, qu'on a fait épargner dans le combat, nous qui sommes Espagnols comme don Henri, pourquoi nous massacrerait-on, quand la parole du connétable nous garantit. Nous ne sommes point Sarrasins ni Mores, et nous invoquons le même Dieu que nos vainqueurs.

Mothril vit bien que tout était fini avec la résignation de ses compatriotes ; il baissa la tête et s'enferma seul dans le cercle d'une immuable, d'une terrible résolution.

Rodrigo fit proclamer que la garnison allait se rendre sur le champ. Mothril obtint que la capitulation n'aurait lieu que vers le soir.

On obtempéra une dernière fois à son désir.

Ce fut alors que le parlementaire vint proposer à Duguesclin huit heures du soir pour la reddition de la place.

Mothril se renferma dans les appartemens du gouverneur pour se mettre en prières, disait-il à Rodrigo.

— Vous ferez, lui dit-il, sortir la garnison à l'heure convenue, c'est à dire à la nuit, les soldats d'abord, puis les bas officiers, puis les officiers et vous-même ; je partirai le dernier avec dona Aïssa.

Mothril demeuré seul alla ouvrir la porte de la chambre d'Aïssa.

— Vous voyez, mon enfant, lui dit-il, que tout succède à nos vœux. Don Pedro est non-seulement parti, il est mort.

— Mort ! s'écria la jeune fille avec une expression d'horreur qui contenait cependant un reste de doute.

— Tenez, dit flegmatiquement Mothril, venez voir.

— Oh ! murmura Aïssa, partagée entre l'effroi et le désir de savoir la vérité.

— N'hésitez pas, ne vous faites pas traîner ainsi, Aïssa ; je veux que vous voyiez comment les chrétiens traitent leurs ennemis vaincus et prisonniers, ces chrétiens que vous aimez tant !

Il attira la jeune fille hors de la chambre sur la plateforme, et lui montra la tente du Bègue de Vilaine avec le cadavre encore étendu.

Au moment où Aïssa, muette et pâle, considérait cet affreux spectacle, un homme s'agenouilla près du corps, et d'un coup de couperet breton, en sépara la tête.

Aïssa poussa un grand cri et tomba presque évanouie dans les bras de Mothril.

Celui-ci l'emporta chez elle, et s'agenouillant au pied du lit sur lequel Aïssa reposait :

— Enfant, dit-il, tu vois, tu sais! le sort qui a frappé don Pedro m'attend. Les chrétiens m'ont fait offrir une capitulation et la vie sauve; mais ils avaient aussi promis la vie à don Pedro. Voilà comme ils ont tenu leur parole! Tu es jeune et sans expérience; mais ton cœur est pur, ton sens droit, conseille-moi, je t'en prie.

— Moi, vous conseiller...

— Tu connais un chrétien, toi...

— Et un chrétien, s'écria Aïssa, qui ne manquera pas à sa parole, et qui vous sauvera, parce qu'il m'aime.

— Tu crois? fit Mothril en secouant sinistrement la tête.

— J'en suis sûre, ajouta la jeune fille avec l'enthousiasme de l'amour.

— Enfant! dit Mothril, quelle autorité a-t-il parmi les siens ? C'est un simple chevalier, et il y a au dessus de lui des capitaines, des généraux, un connétable, un roi! Que lui veuille pardonner, j'y consens ; les autres sont implacables, on nous tuera!...

— Moi!... s'écria la jeune fille dans un mouvement d'égoïsme qu'elle ne put réprimer, et qui montra au More le fond de l'âme d'Aïssa, c'est-à-dire le fond du péril, et la nécessité d'une résolution prompte.

— Non, dit-il, vous, vous êtes une jeune fille belle et désirable. Ces capitaines, ces généraux, ce connétable, ce roi, vous pardonneront dans l'espoir de mériter un sourire ou une récompense plus flatteuse encore! Oh! Français et Espagnols sont galans! ajouta-t-il avec un rire funèbre...

Mais moi ! moi, je ne suis qu'un homme dangereux pour eux, ils me sacrifieront...

— Je vous dis qu'Agénor est là, qu'il défendra mon honneur aux dépens de sa vie.

— Et s'il mourait, que deviendriez-vous ?

— J'ai la mort pour refuge...

— Oh ! je vois la mort avec moins de résignation que vous, Aïssa, parce que j'en suis plus près.

— Je vous jure que je vous sauverai.

— Sur quoi me jurez-vous ?

— Sur ma vie... D'ailleurs, vous vous abusez, je vous le répète, Mothril, sur l'influence que peut avoir Agénor. Le roi l'aime ; il est bon serviteur du connétable ; on lui a confié une importante mission, vous savez... à Soria.

— Oui, et vous le savez aussi, Aïssa, à ce qu'il paraît, dit le More avec un regard chargé d'une sombre jalousie.

Aïssa rougit de pudeur et de crainte, se rappelant que Soria pour elle était un nom d'amour et d'ineffables délices.

Puis elle reprit :

— Mon chevalier nous sauvera donc tous deux. Je lui ferai, s'il le faut, cette condition...

— Écoutez-moi donc, enfant, s'écria le More impatient de voir cette obstination amoureuse embarrasser chaque pas de la route où il voulait se précipiter, Agénor est si peu capable de nous sauver nous-mêmes, qu'il est venu ici tout à l'heure.

— Il est venu ! dit Aïssa... ici ! vous ne m'avez pas avertie !...

— Pour éveiller tous les yeux sur votre amour... Vous oubliez votre dignité, jeune fille ! Il est venu, dis-je, me supplier de trouver un moyen de vous soustraire aux ou-

trages des chrétiens. A ce prix il me promettait de me
défendre.

— Des outrages ! à moi ! à moi, qui me ferai chétienne !

Mothril poussa un cri de rage aussitôt réprimé par l'impérieuse nécessité.

— Comment ferai-je? continua Mothril ; conseillez-moi :
le temps presse. Ce soir, la place est livrée aux chrétiens ;
ce soir, je serai mort, et vous appartiendrez comme une
part de butin aux chefs des Infidèles.

— Qu'a donc dit Agénor, enfin ?

— Il a proposé un moyen terrible, qui vous prouvera
combien le danger est grand.

— Un moyen de salut ?

— Un moyen d'évasion.

— Dites.

— Regardez par cette fenêtre. Vous voyez que de ce côté
le roc de Montiel est taillé à pic, impraticable, et descend
au fond du ravin de telle façon que la surveillance sur ce
point serait superflue, car les oiseaux seuls en volant ou
les couleuvres en rampant peuvent descendre ou monter le
long des roches. D'ailleurs, depuis qu'ils ne guettent plus
don Pedro, les Français ont totalement abandonné ce
point.

Aïssa plongea son regard avec effroi dans le gouffre déjà
teint de noir par les approches de la nuit.

— Eh bien ? dit-elle.

— Eh bien ! le Franc m'a conseillé d'attacher une corde
aux barreaux de cette grille, de la laisser pendre dans le
ravin... comme nous voulions le faire pour don Pedro, et
comme il l'eût fait sans le besoin qu'il avait de trouver en
bas un cheval ; il m'a conseillé de m'attacher, avec vous
dans mes bras, aux nœuds de cette corde, et de gagner le

T. III.   13

ravin, tandis que l'armée des chrétiens serait occupée aux portes du château à relever la garnison, qui défilera sans armes vers huit heures du soir.

Aïssa, l'œil en feu, les lèvres frémissantes, écouta le More, et alla une seconde fois regarder l'abîme béant.

— C'est lui qui a donné ce conseil ? dit-elle.

— Quand vous serez descendus, a-t-il ajouté, continua Mothril, vous me trouverez vous attendant ; je vous faci- literai les moyens de fuir...

— Quoi ! il nous abandonnera ! il me laissera seule avec vous !...

Mothril pâlit.

— Non pas, dit-il. Voyez-vous les trois chevaux qui broutent les jaras et les madronios sur l'autre versant du ravin.

— Oui, oui, je les vois.

— Le Franc a déjà tenu la moitié de sa promesse. Il a envoyé ses chevaux pour nous attendre... Comptez-les, Aïssa.

— Il y en a trois.

— Combien fuirons-nous donc alors?

— Oh ! oui, oui, s'écria-t-elle, vous, moi, lui !... Oh ! Mo- thril ! oh ! pour fuir avec lui ! j'irais dans un gouffre de flammes... Nous partirons.

— Vous n'aurez pas d'effroi?

— Puisqu'il m'attend !

— Tenez-vous donc prête alors sitôt que les tambours et les trompettes annonceront le mouvement de la garni- son...

— La corde?...

— La voici... Elle supporterait un poids trois fois plus fort que le nôtre ; et quant à sa longueur, je l'ai mesurée en laissant tomber une balle de plomb au bout d'un fil dans le ravin. Vous serez courageuse et forte, Aïssa ?

— Comme si j'allais à la fête de mes noces avec mon chevalier, répondit la jeune fille ivre de joie.

XXVIII.

LA TÊTE ET LE POING.

La nuit tomba sur Montiel ; nuit sombre et froide, qui enveloppait dans un linceul humide les formes et les couleurs.

A huit heures et demie, la trompette donna le signal, et l'on vit des flambeaux descendre processionnellement le chemin escarpé, rocailleux qui aboutissait à la porte principale.

Les soldats, les officiers, apparurent un à un, faisant leur soumission, et reçus avec bienveillance par le connétable et les capitaines chrétiens qui, debout près du retranchement, surveillaient la sortie des hommes et des bagages.

Tout à coup une idée vint à Musaron ; il s'approcha de son maître et lui dit à l'oreille :

— Ce More maudit a des trésors ; il est capable de les jeter dans quelque précipice pour que nous n'en profitions pas. Je m'en vais faire le tour de la place, moi qui vois clair la nuit comme les chats, et qui ne prends pas un plaisir très grand à voir défiler ces pleutres d'Espagnols prisonniers.

— Va, dit Agénor ; il y a un trésor que Mothril ne jettera pas dans les précipices, et qui est mon plus précieux trésor à moi ! Celui-là je le guette à cette porte, et je le prends aussitôt qu'il se présentera.

— Eh ! eh ! fit avec un air de doute sinistre Musaron, qui se glissa dans les bruyères du fossé, et disparut.

Les soldats défilaient toujours ; la cavalerie vint ensuite. Deux cents chevaux mettent un long temps à descendre un à un des chemins comme celui de Montiel.

L'impatience dévorait le cœur de Mauléon. Un pressentiment fatal traversait sa tête comme un fer aigu.

— Fou que je suis, se disait-il, Mothril a ma parole ; il sait que sa vie est assurée ; il sait que le moindre malheur arrivé à cette jeune fille l'exposerait aux plus horribles tourmens. Puis Aïssa, qui aura vu ma bannière, doit avoir pris ses précautions... Elle va paraître : je vais la voir... j'étais fou...

Soudain, la main de Musaron s'appuya sur l'épaule d'Agénor.

— Monsieur, dit-il tout bas, venez vite...

— Qu'y a-t-il ? comme tu es ému !

— Monsieur, venez, au nom du ciel. Ce que j'avais prévu arrive. Le More déménage par une fenêtre.

— Eh ! que m'importe ?

— J'ai peur qu'il ne vous importe beaucoup... les objets qu'on fait descendre m'ont tout l'air d'objets vivants.

— Il faut donner l'alarme...

— Gardez-vous-en bien... Le More, si c'est lui, se défendra ; il tuera quelqu'un ; les soldats sont brutaux et ne sont pas amoureux : ils n'épargneront rien. Faisons nos affaires nous-mêmes.

— Tu es fou, Musaron, tu vas, pour quelques misérables coffres, me faire perdre le premier regard d'Aïssa.

— Je vais tout seul, dit Musaron impatienté ; si l'on me tue, ce sera de votre faute.

Agénor ne répondit pas. Il se détacha sans affectation du groupe des capitaines, et gagna le retranchement.

— Vite, vite, lui cria alors l'écuyer, tâchons d'arriver à temps...

Agénor doubla le pas. Mais rien n'était plus difficile que cette course dans les lianes, les ronces et les arbrisseaux.

— Voyez-vous ? dit Musaron en montrant à son maître une forme blanche qui glissait le long du mur noir au fond du ravin.

Agénor poussa un cri.

— Est-ce toi, Agénor ? répondit une douce voix.

— Eh bien ! monsieur, qu'en dites-vous ? fit Musaron.

— Oh ! cria Mauléon, courons vite au bord du ravin, surprenons-les.

— Agénor ! répéta la voix d'Aïssa, que Mothril essayait de forcer au silence par d'énergiques exhortations faites à voix basse.

— Couchons-nous, monsieur, sur le revêtement, ne parlons pas, ne nous montrons pas !

— Mais ils fuient par là !

— Oh ! nous rattraperons toujours bien une jeune fille,

surtout quand cette jeune fille ne demande qu'à être rattrapée, couchons-nous, vous dis-je, mon cher maître.

Cependant Mothril avait écouté, comme le tigre écoute au sortir de la caverne, alors qu'il emporte sa proie entre ses dents.

Il n'entendit plus rien, reprit courage, et gravit d'un pas agile le talus du fossé profond.

D'une main il tenait Aïssa et l'enlevait, de l'autre il s'accrochait aux arbres et aux racines.

Il atteignit la crête et reprit haleine.

Alors Agénor se leva et cria :

— Aïssa ! Aïssa !

— J'étais sûre que c'était lui, répondit la jeune fille.

— Le chrétien ! hurla Mothril avec rage.

— Mais Agénor est par là, allons par là, dit Aïssa, essayant de se dégager des bras de Mothril pour courir à son amant.

Pour toute réponse Mothril l'étreignit plus fortement, et l'entraîna du côté où il avait vu le cheval de don Pedro.

Agénor courait, mais trébuchait à chaque pas, et Mothril gagnait du terrain, et se rapprochait de l'un des chevaux.

— Par ici ! par ici ! criait toujours Aïssa ; viens, Mauléon, viens !

— Si tu dis un mot tu es morte ! articula Mothril à son oreille ; veux-tu attirer tout le monde de ce côté avec tes cris stupides ? Veux-tu que ton amant ne puisse plus venir nous retrouver ?

Aïssa se tut. Mothril trouva le cheval, le saisit à la crinière, sauta en selle, et jeta devant lui la jeune fille, puis il partit au galop. C'était le cheval d'un des officiers pris avec don Pedro.

Mauléon entendit le galop du cheval, et poussa un rugissement de colère.

— Il fuit ! il fuit ! Aïssa ! Aïssa ! réponds !

— Me voici ! me voici ! dit la jeune fille ; et sa voix se perdit dans l'épaisseur du voile que Mothril appuya sur les lèvres de la jeune fille, au risque de l'étouffer.

Agénor essaya d'une course désespérée ; il tomba sur les genoux, épuisé, sans haleine.

— Oh ! Dieu n'est pas juste, murmura-t-il.

— Monsieur ! monsieur ! voici un cheval, cria Musaron ; du courage ! venez, je le tiens.

Agénor bondit de joie ; il retrouva des forces, et son pied se posa sur l'étrier que lui tenait Musaron.

Il partit comme un éclair sur les traces de Mothril. Son cheval se trouvait être ce merveilleux coursier aux taches de feu qui n'avait pas son pareil dans l'Andalousie ; en sorte que dévorant l'espace, Agénor se rapprochait de Mothril, et criait à Aïssa :

— Du courage ! me voici !

Mothril labourait avec un poignard les flancs de son cheval, qui hennissait de douleur.

— Rends-la moi ! je ne te ferai rien, dit Agénor au More. Par le Dieu vivant ! je te laisserai fuir.

Le More répondit par un rire dédaigneux.

— Aïssa ! Aïssa ! laisse-toi glisser hors de ses bras, Aïssa !

La jeune fille suffoquait et poussait des hurlemens de désespoir sous la robuste main qui l'étouffait.

Enfin Mothril sentit sur son dos l'haleine brûlante du cheval de don Pedro ; Agénor put saisir la robe de sa maîtresse et l'attirer violemment à lui.

— Rends-la moi, dit-il au Sarrasin, ou je te tue !

— Lâche-la, chrétien, ou tu es mort !

Agénor roula son poignet autour de la robe de laine blanche, et leva son épée sur Mothril ; celui-ci, d'un coup de poignard lancé obliquement, abattit la main gauche d'Agénor.

Cette main resta cramponnée à l'étoffe, et Agénor proféra un cri tellement déchirant que Musaron l'entendit au loin et en hurla de rage.

Mothril crut qu'il pourrait fuir ; mais ce n'était plus Agénor qui poursuivait : c'était le cheval animé à la course.

D'ailleurs, la rage avait doublé les forces du jeune homme ; son épée se leva encore une fois, et si Mothril n'eût fait bondir de côté son cheval, c'était fait de lui.

— Rends-la moi, Sarrasin, dit Agénor d'une voix affaiblie ; tu vois bien que je te tuerai ; rends-la moi, je l'aime !

— Et moi aussi je l'aime ! répliqua Mothril en piquant de nouveau son cheval.

Une voix, celle de Musaron, vint percer les ténèbres. L'honnête écuyer avait trouvé le troisième cheval, il avait coupé à travers ronces et pierres et venait au secours de son maître.

— Me voici ; du courage, monsieur, cria-t-il.

Mothril se retourna et se sentit perdu.

— Tu veux cette jeune fille ? dit-il...

— Oui, je la veux, et je l'aurai !

— Eh bien ! prends-la donc.

Le nom d'Agénor, suivi d'un râle étouffé, sortit du voile, et quelque chose de pesant vint rouler sous les pieds du cheval d'Agénor avec l'écharpe blanche aux longs plis ondoyans.

Mauléon se jeta en bas pour saisir ce que Mothril lui

abandonnait... Il s'agenouilla pour embrasser ce voile qui renfermait sa maîtresse.

Mais sitôt qu'il eut vu, il demeura sur la terre évanoui, inanimé.

Lorsque l'aube vint jeter sa blafarde lueur sur cette horrible scène, on eût pu voir le chevalier pâle comme un spectre appuyer ses lèvres sur les lèvres froides et violettes 'une tête coupée que le More lui avait jetée.

A trois pas, Musaron pleurait. Le fidèle serviteur avait trouvé moyen de panser la plaie de son maître pendant son long évanouissement : il l'avait sauvé malgré lui.

A trente pas gisait Mothril, les tempes traversées par la flèche sûre et mortelle du brave écuyer, et tenant encore sous son bras le cadavre mutilé d'Aïssa.

Mort il souriait dans son triomphe.

Deux chevaux erraient çà et là parmi les herbes.

ÉPILOGUE.

Le bon chevalier au poing de fer s'était trompé en assignant une durée de huit jours au récit de ses exploits et de ses malheurs. En effet, il était de ceux qui racontent vite, parce qu'ils ont la parole sûre et pittoresque, et quant à son auditoire, jamais il ne s'en était trouvé de plus intelligent et de plus sensible autour d'un narrateur passionné.

Il fallait voir chacun des assistans suivre, par une pantomime équivalente au récit du chevalier, toutes les émotions qu'il traduisait dans son langage énergique et naïf tout à la fois.

Jehan Froissard, avec des yeux étincelans ou humides, dévorait chaque parole ; on eût dit qu'il se représentait les sites, les cieux, les actes ; et toute chose comprise se réflétait en ses regards intelligens.

Messire Espaing, lui, tressaillait au récit des batailles,

comme s'il eût entendu les clairons d'Espagne ou les buc-
sins des Mores.

Seul, dans le coin le plus obscur de la chambre, l'écuyer
du chevalier discoureur gardait le silence et l'immobilité.

La tête inclinée sur sa poitrine, quand défilaient tant de
souvenirs colorés par la parole brillante de son maître, il
se redressait par moment, si l'on racontait une de ses
prouesses, ou si le chevalier s'animait de façon à lui faire
craindre une recrudescence de douleur.

Onze heures, les longues heures de la nuit, passèrent
ainsi, ou plutôt s'envolèrent comme les étincelles du feu de
sarment qui échauffait la chambre, comme la fumée des
lampes et des cires qui tourbillonnait au-dessus des fronts
des auditeurs.

Vers la fin de l'histoire, les cœurs s'oppressaient, les
yeux étaient devenus humides.

La voix du chevalier de Mauléon, visiblement troublée,
saccadait chaque phrase, et hachait chaque émotion comme
fait le coup de pinceau de l'artiste inspiré.

Musaron attacha sur lui un doux et mélancolique regard, et avec cette familiarité qui rappelle bien plus l'ami
que le serviteur, il lui posa une main sur l'épaule.

— Là ! là ! seigneur, dit-il, assez, assez, maintenant.

— Oh ! murmura le chevalier, cette cendre n'est pas
encore refroidie. On se brûle en la remuant !

Deux grosses larmes roulaient sur les joues du chroniqueur, larmes de compassion et d'intérêt sans doute, mais
qu'un mauvais esprit, celui qui s'attache toujours à dénigrer
les meilleures intentions des chroniqueurs et des roman-
ciers, a depuis attribué à la joie d'avoir entendu un si beau
récit fait par le héros même de l'aventure.

Lorsque l'histoire fut terminée, le soleil éclairait déjà le faîte de l'hôtellerie et les forêts verdissantes.

Jehan Froissard put voir alors la figure du chevalier, et cette figure méritait toute l'attention d'un homme qui étudie les hommes.

Dans ce front intelligent et noble, la pensée ou plutôt le chagrin avait creusé une ride profonde. Déjà s'étendaient au coin des yeux ces réseaux divergens qui semblent des fils destinés à tirer la paupière comme pour la fermer violemment avant la mort.

Le regard du Bâtard ne demanda ni applaudissemens ni consolations à ses auditeurs.

— La touchante histoire ! dit Froissard, la belle peinture ! la riche vertu !

— Au tombeau, au tombeau tout cela, maître, répondit le chevalier, tout cela est bien mort. Doña Aïssa, cette tête chérie, n'est pas la seule que je doive pleurer : tous mes amours, toutes mes amitiés n'ont pas choisi le même champ pour s'ensevelir. Lorsque celui-ci, dit le chevalier en désignant d'un tendre regard son écuyer penché sur le dos de sa chaise, lorsque celui-ci, qui est, hélas ! plus vieux que moi, aura fermé les yeux, je n'aurai plus personne sur la terre, et, vrai Dieu ! je n'aimerai plus personne à présent ; mon cœur est mort, sire Jehan Froissard, d'avoir trop vécu en peu de temps.

— Mais, Dieu merci ! interrompit Musaron, avec un effort pour rendre dégagée et joyeuse sa voix qui n'était qu'étranglée par l'émotion, Dieu merci ! je me porte à merveille : mon bras est bon, mon œil ferme : j'envoie une flèche aussi loin qu'autrefois, et le cheval ne me fatigue guère.

— Sire chevalier, interrompit Froissard, vous permettez

donc à ma plume indigne de retracer les beaux faits et les
tendres infortunes que je viens d'apprendre de votre
bouche? c'est un grand honneur que vous me faites, c'est
une douce et amère joie.

Mauléon s'inclina.

— Mais, pour l'amour de Jésus! bon chevalier, continua
Froissard, ne désespérez pas. Vous êtes jeune encore, vous
êtes beau, vous devez avoir des biens de ce monde ce qu'il
en faut à un noble homme et à un noble cœur : les amis
ne manquent jamais aux braves gens.

Le chevalier hocha tristement la tête. Musaron fit un
mouvement d'épaules que lui eussent enviés le stoïque
Épictète ou le douteur Pyrrhon.

— Lorsqu'on a marqué dans l'armée par sa valeur,
continua Froissard, dans le conseil des princes par sa sa-
gesse ; lorsqu'on est à la fois le bras qui exécute rudement
et l'esprit qui projette sûrement, on est recherché ; on
n'approche pas de la cour sans en tirer les grâces ; et vous,
seigneur de Mauléon, vous avez deux cours qui vous pro-
tégent et se disputent le plaisir de vous faire riche et puissant... L'Espagne a-t-elle eu le pas sur la France? avez-
vous préféré la comté ultramontaine à la baronnie dans la
patrie?

— Sire Froissard, reprit Mauléon avec un grand calme
et un soupir profond, ce fut un bien grand deuil que
celui qui couvrit la France au treizième jour de juillet
treize cent quatre-vingt! Ce jour-là une âme s'exhala
vers le Seigneur, qui était bien la plus noble et la plus généreuse âme qui eût paru dans le monde... Hélas! sire
Jehan Froissard, elle effleura ma poitrine en passant, car
je tenais entre mes bras, moi agenouillé, la tête du preux
connétable, et cette tête se raidit sur mon sein.

— Hélas ! dit Froissard.

— Hélas ! répéta Espaing en se signant picusement, tandis que Musaron fronçait le sourcil pour ne pas s'attendrir trop sensiblement à ce souvenir.

— Oui, messire, une fois le connétable Bertrand Duguesclin mort à Castelneuf de Randon ; mort ! lui qui semblai le dieu des batailles... une fois l'armée sans chef et sans guide, je me sentis défaillir. J'avais mis beaucoup de ma vie en la sienne, messire, et rattaché toutes les fibres de mon cœur de façon qu'elles tenaient à son cœur.

— Vous aviez encore le bon roi Charles-le-Sage... sire chevalier.

— J'eus à pleurer sa mort au moment où je pleurais encore celle du connétable ; de ces deux coups je ne me relevai point.

» Je suspendis l'épée et la targe aux solives de ma petite maison, que m'avait légué mon oncle ; j'enterrai là quatre ans ma douleur et mes souvenirs.

» Cependant un règne nouveau rajeunissait la France, je voyais parfois passer de joyeux chevaliers, et j'entendais chanter les chansons nouvelles des ménestrels... Oh ! messire, quels coups ils me donnèrent au cœur, ces trouvères qui passaient les Pyrénées, chantant sur l'air si triste de la romance, ces vers espagnols de la ballade faite sur Blanche de Bourbon et don Frédéric le grand-maître :

> El rey no me ha conocido
> Con las virgies me voy.
> Castilla, di que te hize !

—Quoi ! seigneur, tout cela ne vous rapprocha pas de la

cour d'Espagne, du roi Henri qui régnait si glorieusement
et qui vous aimait si fort!

— Seigneur chroniqueur, le moment arriva où ma pauvre tête en feu ne rêva plus que l'Espagne. J'avais de tous
mes exploits passés gardé un souvenir assez voilé, assez
triste pour que je pusse l'attribuer aux suites d'un rêve.
Réellement ma vie me semblait avoir été coupée par un
long sommeil, et sans Musaron qui parfois me disait :

» — Oui, seigneur, oui, nous avons vu tout ce que chan-
tent ces gens-là. Sans Musaron, dis-je, j'aurais cru à la
magie...

» Chaque nuit je rêvais de l'Espagne ; je revoyais Tolède
et Montiel, la grotte où nous vîmes mourir Hafiz, où vint
s'asseoir Caverley. Je voyais Burgos et les magnificences
de la cour, Soria ! Soria ! seigneur, et les extases de l'a-
mour... Ma vie se consumait en désirs, en répugnances.
C'était de la torpeur, c'était de la fièvre.

» Un jour, des trompettes passèrent, sonnant dans le
pays. C'étaient les batailles de monseigneur Louis de Bourbon qui se rendait en Espagne à la cour du roi Henri, lequel craignait d'être vaincu dans la guerre avec le Portugal, et avait fait solliciter les secours de la France.

» Le duc de Bourbon entendit parler d'un chevalier qui
avait guerroyé dans le pays d'Espagne et qui savait maintes choses secrètes de l'expédition des compagnies. Je vis
entrer chez moi des pages et des chevaliers qui emplirent
ma petite cour et étonnèrent fort mes serviteurs

» Moi, j'étais à la fenêtre et n'eus que le temps de descendre pour prendre l'étrier au prince. Alors celui-ci, avec
beaucoup de courtoisie, me questionna sur ma blessure
et mes aventures ; il voulut entendre raconter la mort de

don Pedro, mon combat avec le More; mais je lui cachai tout ce qui concernait dona Aïssa.

» Enthousiasmé, le duc me pria, me supplia même de l'accompagner ; j'étais dans un de ces momens d'hallucination où ma vie m'apparaissait comme un songe, et alors je voulais savoir, je brûlais de revoir. Les trompettes d'ailleurs m'enivraient, et Musaron que voici, me faisait des yeux de convoitise ; il tenait déjà son arbalète à la main.

» — Allons ! Mauléon, allons! dit le prince.

» — Va donc, monseigneur, répondis-je. Aussi bien, le roi d'Espagne sera heureux de me revoir.

» Nous partîmes, — le dirais-je, presque joyeux; j'allais donc m'incliner sur cette terre qui avait bu mon sang et celui de ma bien-aimée... Oh ! messeigneurs, c'est beau le souvenir; maintes gens ne savent vivre qu'une fois, à grand'peine : d'autres recommencent perpétuellement les jours qu'ils ont déjà perdus.

» Quinze jours après le départ nous étions à Burgos, et quinze autres jours après à Ségovie avec la cour...

» Je revis le roi Henri, bien vieilli, mais toujours droit et majestueux. Je ne savais comment expliquer la secrète répugnance qui m'éloignait de lui, de lui que j'avais tant aimé alors que la jeunesse aux croyances dorées me le faisait voir noble et malheureux, c'est-à-dire parfait... En le retrouvant, je lus la cruauté, la dissimulation sur son visage.

» — Hélas ! me dis-je, c'est donc la couronne qui change ainsi le visage et l'âme.

» Ce n'était pas la couronne qui avait changé Henri, c'était ma vue qui savait lire sous les ombres de la couronne !

» La première chose que le roi montra au duc, à Ségovie,

dans la tour, ce fut une cage de fer dans laquelle étaient enfermés les fils de don Pedro et de Maria Padilla. Infortunés qui grandissaient pâles et affamés dans l'enceinte étroite de ces barreaux, toujours menacés par la lance d'une sentinelle, toujours insultés par le sourire féroce d'un gardien ou d'un visiteur!

» L'un de ces enfans, messeigneurs, ressemblait comme un portrait fidèle à son malheureux père. Il attacha sur moi des regards qui me perçaient le cœur, comme si l'âme de don Pedro se fût réfugiée en ce corps, et, sachant tout, m'eût adressé silencieusement le reproche de sa mort et du malheur de sa race.

» Cet enfant, ou plutôt ce jeune homme, ne savait rien pourtant et ne me connaissait pas, il me regardait sans but, sans intention, mais ma conscience parla, autant que parlait peu celle du roi Henri.

» En effet, ce prince, tenant le duc de Bourbon par la main, l'amena près de la cage en lui disant :

»   Voyez là les enfans de celui qui fit mourir votre sœur. Si vous voulez les faire mourir, je vous les livrerai.

» A quoi le duc répondit :

» — Sire, les enfans ne sont pas coupables des crimes de leur père.

» Je vis le roi froncer le sourcil et ordonner qu'on refermât la cage.

» J'eusse volontiers embrassé le brave seigneur duc. Aussi, lorsqu'après la promenade monseigneur voulut me présenter au roi qui m'avait aussi regardé avec attention...

» Non ! non ! répondis-je, non, je ne saurais lui parler.

» Mais le roi m'avait reconnu. Il vint à moi devant toute

la cour, en me saluant par mon nom, ce qui, en toute autre circonstance, m'eût fait pleurer de joie et d'orgueil.

» — Sire chevalier, dit-il, j'ai une promesse à tenir envers vous ; rappelez-la moi.

» — Nenni, sire, balbutiai-je, rien.

» — Or, demain c'est moi qui parlerai pour vous ! répliqua le roi avec un gracieux sourire qui ne me fit pas oublier son cruel regard aux enfans prisonniers.

» — Alors, tout de suite, s'il vous plaît, sire, lui dis-je. Votre Seigneurie m'avait promis autrefois de me faire une grâce ?

» — Et je tiendrai ma promesse, sire chevalier.

» — Faites-moi donc la grâce, monseigneur, de m'accorder la liberté de ces deux pauvres enfans.

» Le roi Henri me lança un coup d'œil étincelant de colère, et répliqua :

» — Non, pas cela, sire chevalier, demandez autre chose.

» — Je n'ai pas d'autre désir, monseigneur.

» — Il ne se réalisera point, sire de Mauléon ; je vous ai promis de vous faire une grâce qui vous enrichisse, non une grâce qui me ruine.

— Alors il suffit, monseigneur, répondis-je.

» — Voyons toujours demain, dit le roi en essayant de me retenir.

» Mais je n'attendis pas ce jour de demain. Avec le congé du duc, je partis sur-le-champ pour la France, et ne séjournai plus en Espagne qu'un quart d'heure pour dire mes prières sur la tombe de dona Aïssa, près du château de Montiel.

» Pauvres nous sommes partis, ce brave Musaron et moi, pauvres nous sommes revenus quand d'autres fussent revenus bien riches.

Voilà la fin de l'histoire, sire chroniqueur. Ajoutez-y que j'attends patiemment la mort, elle doit me réunir à mes amis. Je venais de faire mon pèlerinage annuel à la tombe de mon oncle, et je retourne en ma maison ; si vous passez par là, messires, vous serez bien reçus, et me ferez honneur... C'est un petit castel bâti en briques et en silex, l a deux tours et un bois le domine. Chacun vous l'indiquera dans le pays. »

Cela dit, Agénor de Mauléon salua courtoisement Jehan Froissard et Espaing, demanda son cheval, et lentement, tranquillement, reprit le chemin de sa maison suivi de Musaron qui avait payé la dépense.

— Ah ! dit Espaing en le regardant cheminer, les belles occasions que ces hommes d'autrefois ont eues ! le beau temps ! les nobles cœurs...

— Il me faudra huit jours pour écrire tout cela, se dit Froissard ; le bon chevalier avait raison... et encore, écrirai-je aussi bien qu'il a conté ?

Quelque temps après, les deux enfans de don Pedro et de Maria de Padilla, beaux comme leur mère, fiers comme leur père, moururent dans   cage de Ségovie. Cependant Henri de Transtamare régnait heureux et fondait une dynastie.

FIN DU TROISIÈME ET DERNIER VOLUME.

TABLE DES CHAPITRES.

FIN DE LA TABLE DU TROISIÈME ET DERNIER VOLUME.

Paris. — Typ. Morris et Comp., rue Amelot, 64.